Förord

Jag har läst så många dåliga böcker i mina dagar så jag tänkte pröva själv, och här är resultatet.
Syftet har varit att framkalla ett och annat skratt. Nu är det upp till er läsare att bedöma själva.

Trevlig läsning!?

P.S.
Alla eventuella likheter med verkligheten är rena tillfälligheter.
D.S.

© Fallan Cerous 2015 • Illustrationer Linus Vilhelmsson • Layout dinegenbok.nu
Förlag och tryck: BoD
ISBN: 978-91-7463-747-2

Sommarlov

Det började inte så bra lovet. För Ica handlaren alltså. Det var ett galet gäng som hade samlats på fredagskvällen, nere vid station. Säkert 15-20 stycken utav förortens finaste ungdomar, eller värsta odågor som nog vissa hellre hade uttryckt det. Det var förutom Sven Zen och Sune även Jocke, oppfinnaren, som sedemera fick heta Tessla, och Petter, bland andra.

Sven Zen fick sitt smeknamn av att trots att han bodde i princip närmst av alla så kom han alltid för sent, en särskilt minnesvärd morgon när han som vanligt kom insläntrande efter dom andra, och med en bok i högsta hugg så blev läraren galen och begärde in boken, den visade sig handla om Zen buddism, och det var så Sven fick sitt smeknamn.

Leken urartade när grabbarna som skjutsade runt varandra i kundvagnarna fick upp farten ordentligt och rätt som det var skickade Sune in vagnen genom skyltfönstret, med en passagerare i, vilket resulterade i att skyltfönstret exploderade i tusen bitar och larmet gick. Ingen ville ju vara kvar och fejsa väktaren som snart skulle vara på plats, så allihop retirerade upp i skogen, bakom skolan, för att på betryggande avstånd kolla in vad som hända skulle.

Efter en halvtimme dök då äntligen väktarens bil upp, under tidén hade farbror knut, som var ute med hunden, förstått, eller åtminstone anat vilka som låg bakom incidénten och begett sig upp i skogen för att kolla in läget.

Han höll ett litet förmaningstal, samtidigt som han vant snurrade ihop en tobak som han ivrigt puffade igång.

- Hoppas ingen kom till skada, sa knut lät inte bra det där med rutan, man hoppade ju högt, sket nästan ner sig skrockade Knut och fimpade ciggen med ett snett leende.

Vi avvaktade tills glaslagaren var färdig innan vi gjorde kväll och gick hem och lade oss att sova.

Dagen efter, som var en lördag, hängde gänget som vanligt på baksidan av affären vid lastkajen, som gränsade till järnvägen och parkeringen, åkte skateboard, drack mellanöl och försökte bräcka varandra på alla sätt, mådde gott helt enkelt.

Dagen efter hängde vi som vanligt runt vid stationen och förströdde oss när vi noterade att lagerdörren plötsligt öppnades och affärsinnehavaren uppenbarade sig med en vagn full med chips, läsk, och godis, allt en tonåring kan önska sig, tänkte affärsinnehavaren optimistiskt och förkunnade stoiskt, att det här grabbar, det bjuder jag på. Det där fönstret var inte billigt.
- Så jag hoppas på en lugn helg nu sa han och försvann tillbaks in genom lagerdörren igen.

Det var en förståndig karl, Ica handlaren.

Ölen var en annan historia, den hämtades med moped från Vallentunatippen där det stora bryggeriet brukade dumpa felmärkta öl, så det kunde vara starköl i lättölsdräkt, vilket var mera regel än undantag, så läsken fick den gode handlaren behålla.

Resorna till tippen fick dock planeras lite så att man inte i onödan stötte på bönderna från Vallentuna som betraktade tippen som sin, i normalfallet betydde det att man skickade en spanare lite i förväg för att reka området .

Den sommaren saknades inga varor för oss så att säga.

På måndagen började det bli tråkigt igen, regn, rusk och ett fasligt blåsande när Sune plötsligt utbrast. - NU HAR JAG DET! Vilken jävla idé, grabbar, häng på nu, vi drar och hämtar en flagglina, sagt och gjort, det låg ju massor av villor på andra sidan Roslagsbanan, så vi smög in i en villaträdgård och tillskansade oss en flagglina och gick tillbaks mot stationen och Sune satte kurs mot cykelstället glatt visslande. Stämningen i gruppen var minst sagt förväntansfull när Sune böjde sig ner och knöt fast ena ändan av linan i bakhjulet på en cykel som stod där. Nu då? Undrade gruppen. - Nu väntar vi på tåget sa Sune belåtet.

Ett tåg på väg mot Vallentuna bromsade straxt in och Sune knöt fast andra ändan av linan i handtaget på sista vagnen och sen förpassade vi oss in bland träden och väntade förväntansfullt...
Tåget började sakta stånka iväg från stationen och linan ringlades ut vartefter, och när tåget hade fått upp farten bra så

tog linan slut och cykeln rycktes ur cykelstället med en jävla fart, for upp i luften, slog ner i marken, upp i luften igen och ner igen på andra sidan spåret, farbror Knut som var ute på kvällspromenad med hunden fick kasta sig åt sidan för att undgå att träffas av den flygande cykeln.

Detta sysselsatte oss i veckor, tills flagglinorna i området tog slut och det låg cykelkross utefter hela banvallen, i och med detta bildades ett medborgargarde, så det blev ett naturligt slut kan man säga på just dom hyssen.

Men Roslagsbanan var ju en ständig källa till glädje, vid ett annat tillfälle, när gänget också hade tråkigt så råkade dom, som av en tillfällighet snubbla över två kvartsfat med vapenfett som hemvärnet så lägligt hade glömt att låsa in i förrådet och på sidan av låg en hög med penslar, grabbarna lastade utrustningen på en flakmoppe och åkte med bytet till ett av sina tillhåll, en ödekåk i närheten av skolan.

- Nu har jag det sa Sune och bligade illmarigt, vi har penslar, fett, och Roslagsbanan, vad mer kan man önska en sån här strålande dag mös han vidare .

- Jag är med sa Sven Zen och dom andra nickade instämmande och ett belåtet sorl spred sig i gruppen.

- Från stationen i riktning mot Huvudstaden, en bit bort, där det börjar gå uppåt, där börjar vi sa Sune drömmande, och sen kör vi hela backen upp, vad tror ni?.

- Tror gör man i kyrkan sa Sven Zen, nu kör vi.

Sagt och gjort, man tog, förutom fett och penslar även med sig ett ansenligt förråd av felmärkta starköl, för att släcka den eventuella törst som kunde uppstå i och med kroppsarbete i strålande solsken.

Fem minuter på hårt trimmade mopeder senare anlände vi till den framtida brottsplatsen, en rälsbeklädd uppförsbacke i riktning mot Huvudstaden.

Vi stod vid den grusade gångvägen parallellt med järnvägen och såg tåget svischa upp för backen.

- Den här gången kom han nog upp i alla fall sa Sune och skrattade rått.

Dom andra föll in i skrattandet, vartefter man började kånka iväg tunnor och penslar.

- Nu har vi en kvart på oss att fetta in rälsen på båda sidor sa Sune när tåget passerade förbi åt andra hållet.

Och vi fettade, och fettade, och fettade.

- Flödigt ska det va skrek Sune och fläskade på rejält.

Det tog oss inte lång tid och när vi var klara satte vi oss i en skogsbacke, medhavd öl korkades upp och rökverk togs i bruk medans man ivrigt tittade på klockan.

- Där kommer det skrek nån och allas blickar vändes mot det annalkande tåget, som, får man anta, intet ont anandes tuffade på mot backen, en bit upp i backen börjar hjulen att slira, och i halva backen tog det stopp och det började glida bakåt.

Det stannade till innan det började backa tillbaka mot stationen och förbi den en liten bit .

Det började samlas lite bilar i kö vid järnvägsövergången när tåget gjorde ett nytt försök och satte upp högsta fart från början.

- Nu får vi se då sa Sune lystet när tåget kom för andra gången, och som det tycktes, med lite bättre fart.

Den här gången kom det nästan ända upp till krönet innan hjulen började snurra vilt och tåget gled tillbaka ner för backen igen .

- Vad ska dom hitta på nu då tro garvade Sune och dunkade Sven Zen i ryggen, som hade fått en hostattack, just i detta nu.

- Det verkar som dom gör ett nytt försök sa Sven Zen som hade återhämtat sig precis.

Tåget backade nu tillbaka en tredje gång, och denna gång tog dom i rejält, så dom backade tillbaka en extra station, och vid det här laget så hade köerna hunnit bli ansenliga, folk klev ur bilarna för att diskutera och stämningen började bli lite irriterad, det var ju en ovanligt varm och solig dag, och man hade ju sett tåget backa tillbaka två gånger redan och nu kom det backandes tillbaka en tredje gång, i betydligt aggressivare tempo än tidigare.

Så nu anbefalldes högsta fart från början, och tåget började accelerera, och man passerade kyrkbyns station utan att stanna, passerade järnvägsövergången i en faslig fart, använde rakan före backen för att pressa ur det sista ur loket.

- Nu jävlar har dom fått upp farten bra sa Sune uppskattande när Roslagsbanan denna gång formligen flög upp för backen och äntligen kunde fortsätta den kraftigt försenade färden.

- Det är nog bäst att vi avlägsnar oss, kan nog bli lite oroligt här snart sa Sven Zen och det mumlades instämmande här och där i klungan.

- Vi åker och badar nu fastslog Sune så mopederna grenslades ännu en gång men nu med siktet inställt mot badet, vilket var lika med Täbysidan av Vallentunasjön.

Väl framme där noterades att ett antal personer höll på att ställa upp en husvagn på parkeringen, det visade sig senare vara doktorander från kungliga tekniska högskolan som skulle ha ett projekt över sommaren för att undersöka vattenkvalitet i sjön. Husvagnen skulle tjäna som bas åt dom under arbetets gång.

- Vore väl kul att spela dom ett spratt tyckte Sune som fått något fjärrskådande i blicken plötslig..

- Vad tänkte du på genmälde Sven Zen förhoppningsfullt där dom låg och lögade sig efter ett uppfriskande dopp med några ljumna burkar öl inom bekvämt räckhåll och en uppfriskande cigg i rotation runt badklipporna.

Stämningen var närmast andaktsfull när gänget drog sig närmare Sven Zen och Sune för att ta del av Sunes senaste idé.

- Det här blir stort sa Sune, kanske större än Roslagsbanan, rentav att betrakta som vårt eget examensarbete, det maximala skämtet liksom.

- Men tala ur skägget då människa sa Sven Zen, vi väntar spänt liksom.

- Vi gör så här sa Sune, alla sticker hem och hämtar varsin verktygslåda så ses vi här efter middagen. Alla började fnissa när dom förstod varför Sune såg så nöjd ut och vi packade ihop badgrejorna och for hem för att äta middag.

Två timmar senare samlades vi åter, vid husvagnen denna gång, alla med verktygslådorna med sig.

- Jag pratade med Farbror knut om planerna för kvällen sa Sune och han gav mig lite piller för att motverka trötthet, det är några spanska bantningspiller, han kallar dom Spanska P:n, så om nån känner sig trött är det bara att rada upp sig, så ska ni få se på fan sa Sune illmarigt. Grabbarna radade genast upp sig och blev tilldelade det dom skulle ha och därefter uppsöktes närmsta slänt för att invänta Yrslan, givetvis drack och rökte dom oavbrutet under tidén, och efter en stund hade Yrslan infunnit sig tillsammans med inspirationen och man satte igång med sitt värv.

Det började med att man "tog" sig in i vagnen och började grundligt och metodiskt att bära ut allt löst och montera ner det i sina minsta beståndsdelar och därefter fortsatte man att demontera inredningen och allt man bar ut lades snyggt och prydligt ut på parkeringen.

Kvällen gick och långsamt fylldes parkeringen av isärtagna husvagnsdelar, såsom lådor, skåp, soffor, toaletten och duschen likväl som golvet och när insidan var klar övergick vi till utsidan och tog ner väggar och tak och slutligen återstod endast ram och hjul, men då var grabbarna så i gasen att man tyckte sig lika gärna kunna fortsätta så även hjul, bromsar, till och med hjullagren lyckades man pilla ut och allt var nu isärtaget i minsta detalj och låg och prydde sin plats på den vanligtvis, på dagtid så fulla parkeringen.

Vi betraktade mäkta nöjt hur den splitt nya husvagnen som förut endast hade tagit upp en plats nu upp tog alla rutor på parkeringen med delar utspridda överallt. Det var en vacker syn och alla var djupt gripna över resultatet, vi tog igen oss en stund, badade av oss svetten och packade ihop verktygen och kom överens om att åka hem med grejorna och käka lite för att sen i god tid vara tillbaka före sju på morgonen, för man ville ju inte för allt i världen missa doktorandernas reaktion när dom kom, för att som dom trodde, sätta igång med arbetet.

Straxt före sju dök det upp en gammal Volvo med tre förhoppningsfulla ynglingar i som fick tvärbromsa vid infarten till parkeringen och dörrarna öppnades och ut hoppade dom med vidöppna munnar och armarna hängandes vid sidorna.

Gänget som fram tills nu hade lyckats hålla sig för skratt pallade nu inte längre utan alla skrattade så tårarna rann och man vred sig av skratt.

- Helt för mycket tjöt Sven Zen varpå han lade sig ner och började rulla utför grässlänten ner mot parkeringen där doktoranderna hade börjat ana oråd och tittade bort mot Sven Zen som nu hade satt sig upp, vi andra försökte hålla färgen när vi närmade oss parkeringen gåendes och undrade vad som hade hänt?

- Hänt sa den längste förvånat, det ser ni väl, allt är förött för fan, det ser ju ut som ett skrotupplag, inte som våran nya husvagn.

- Är det ni som har ställt till det här?.

- Vi sa Sune oskyldigt, vi är bara här och badar.

- Klockan sju på morgonen sa doktoranden misstänksamt och sneglade på gänget som samtliga var badklädda med handdukarna runt nacken, brett flinande, men samtidigt djupt deltagande.

- Det gäller ju att ta vara på sista sommarlovet, jag menar, sen börjar ju allvaret sa Sune allvarligt.

- Vilket jävla skitsnack fnös doktoranden, var finns närmsta telefon förresten?

- Vänster efter kyrkan, går inte att missa sa Sven Zen tröstande och pekade ut riktningen.

Ynglingen begav sig av mot telefonkiosken, återkom efter en stund och förklarade för sina kompisar att chefen hade beslutat att skifta fokus från vattenprover till att montera ihop husvagnen igen, dessvärre i en källare vid östra station, betydligt sämre än det här kunde ha blivit sa doktoranden och blängde igen på sitt numera välbekanta, misstänksamma sätt på gänget som nu fann för gott att återgå till att gona sig med sol och bad för att på detta sätt fördriva dagen.

Några dagar senare kunde man i lokaltidningen se rubriken "vandaldåd vid badet" med bilder och förklarande text, riktigt kul.

Scoutstugan, det var ju också en rolig historia, hann Sven

Zen tänka där han satt i sin skeppshandel, belägen i källaren under restaurangen som dom för övrigt hade döpt till "Stängt" för att om möjligt slippa gäster där då den från början mest varit tänkt som nånstans att festa med dom gamla bekanta som regelbundet besökte det gamla frihandelsprotektoratet på den lilla ön Cirka i Stockholm, vackert beläget mellan Riddarholmen och Stadshuset. Det var ganska mycket fartyg som anlöpte hamnen på Cirka, året om faktiskt, och kontakt hade man med dom olika skeppen via långvågsradio, vilket gjorde att med masterna fullt uppe så låg man lite högre än både Svea hovrätt och Stockholms stadshus, vilket retade några av statsförvaltningens tjänare.

Cirka var från början ett fort av sten förbundet med Riddarholmen medelst en gammal stenbro något äldre än fortet faktiskt, som Farbror Knut hade vunnit i kortspel en yster natt på sjuttiotalet.

Fortet var begåvat med en rejäl stenlagd kaj som vette mot Söder mälarstrand och där låg skeppshandeln insprängd i berget, som för övrigt hade enorma lagerutrymmen bakom butiken och ovanför, förbunden med en hiss låg den förut nämnda restaurangen "Stängt" som vette mot gatan i höjd med bron.

Fortet var flankerat av två torn, det ene vette mot stadshuset och det andra mot Riddarholmen och däremellan låg restaurangen.

I det mot Riddarhuset låg kontoret och i det andra hade man installerat en rökbastu enligt känd modell.

I bastun samlades man ibland för att umgås eller när viktiga beslut skulle fattas, och viktiga beslut fattas ju ofta, så nyttan av detta var ju oomkullrunkeligt.

Sven Zen väcktes ur sina dagdrömmerier av att telefonen ringde, för vilken gång i ordningen visste han inte, men däremot visste han vem det var, instinktivt.

One for the road

- Fan vad det dröjde, tänkte just lägga på sa Sune, vad gör du?
sitter du och sover mitt på dan.
- Njaa, ljög Sven Zen lite lamt, sitter och funderar lite, det
har dykt upp ett mindre problem här hemma, skönt att du är
tillbaka, du har ju alltid haft bra idéer tidigare min vän, men vi
tar det när vi ses istället, men hur har du haft det ute i Europa
då?
- Jo tackar som frågar, blev inbjuden till Amsterdam som
domare så det var tre dagars hårda bedömningar, och så lite fest
på kvällarna förstås, galanta damer, du vet.
- Hittade du några kandidater till ditt avelsprogram då?
Undrade Sven Zen, som visste att sen Sune sett ett program
om renrasiga hundar och dess skadeverkningar på individnivå
på grund av inavel, blivit övertygad om att gatukorsningar var
överlägsna, genetiskt sett, vilket dom också var, inte minst vad
gäller mottagligheten för sjukdomar.
- Ja men lita på det, har två som liftar hit med en båt, om några
veckor kommer dom nog, Aron och Nora heter dom förresten,
dom kommer att passa in fint, friska och arbetsamma är dom
också, dom får väl börja i bageriet eller nåt utvecklade Sune
vidare.
- Hur gick det i tävlingen då undrade Sven Zen, var det några
svenskar med?.
- Gick väl hyfsat tyckte Sune och hostade skrälligt några
gånger innan han fortsatte, tvåa i öppna klassen, trea i slutna, åt
Danskar och holländare kunde inget göras i år, men dom har ju
lite fördel, historiskt sett alltså.
- Säger du det sa Sven Zen som inte hajade ett smack om vad
Sune menade, när kommer du hem då?.
- Jag är på väg, kommer till middagen sa Sune och hostade
igen, måste bara passera servicehallen, vilket betydde fika, skita,
duscha, helst i den ordningen också, du låter bekymrad kompis,
tar väl nån timme, Erke cirka, vilket på finska betyder nåt i stil
med ungefär.

Sunes världsomspännande kontakter förde honom då och då ut
i vida världen på diverse domarjobb och som expert betraktad
var han en oomstridd auktoritet, mycket på grund av födsel och
ohejdad vana, ej heller att förglömma tycktes Sune på något
märkligt sätt ha oerhört lätt att snappa upp nya språk och det
tog bara några veckor innan han hjälpligt talade dom, kan
tyckas lite underligt det där med tanke på att Sven Zen, och
inte någon annan heller för den delen någonsin hade sett Sune
öppna en bok.

Sven Zen som började bli lite svång bestämde sig för att gå upp
till "Stängt" och titta lite i kastrullerna samt lindra den svåra
törst som hade börjat göra sig påmind. Uppe i restaurangen
var det full fart, lunchgästerna hade börjat drypa av, och tur
var väl det med tanke på att det snart var dags att servera
middagen tänkte Sven Zen där han stod och hällde upp en
iskall Beyaz, direkt ur tappen flankerad av en uppskopad tallrik
med förnämligt tillagad husmans. Sven Zen tog med sig sin mat
och dryck och satte sig vid ett av fönsterborden med uppsikt
över stenbron för att ha koll när Sune skulle dyka upp. Halvvägs
kommen i maten slog sig Sune ner vid bordet också utrustad
med tallrik och glas.

- Va fan, kom du från kajen utbrast Sven Zen förvånat.

- Vem vet, vem vet smålog Sune på sitt finurliga sätt, Long
time no see, fortsatte han och klappade om sven på sitt egna
vänliga sätt.

Maten avnjöts under tystnad, som god mat görs, och när man
ätit klart kom kaffet in, som ett slag på käften, man hann inte
reagera ens.

- Så där sa Sune nöjt, så där ska det smaka.

- Du vet fortsatte han, om det är nåt man saknar när man är ute
och reser så är det maten här hemma.

När man kommit till kaffet föreslog Sven Zen att man avnjöt
detta uppe på tornkontoret, väl där inne sa Sune som inte längre
kunde hålla sig.

- Hade vi fått ett problem på halsen?

- Jag som älskar problem, kan svårligen hålla mig mycket längre, berätta, kompis sa Sune och knäppte händerna bakom nacken, i lyssnarläge.

– Du minns väl Ica handlaren som misstog skyltfönsterolyckan för utpressning? Sommarlovet efter nian.

– Givetvis sa Sune, vem skulle kunna glömma det? bästa sommarlovet hittills sa han, blickandes bakåt.

– Ja det var ju roligare för oss än för bodknodden höll Sven Zen med, men nu är det ju så att vi har drabbats på ett liknande sätt, man kan väl säga att historiens vingslag har kommit ifatt oss.

– Fick besök härom kvällen, satt i godan ro och gonade, hade Stängt "Stängt" tidigt, blev tvungen att avhysa ett par bråkmakare som suttit och stört ordningen hela eftermiddagen, dom tillhör E U:s gäng, förresten, E U, som betecknade Einar och Uno, var illa sedda gäster som dessvärre hade börjat frekventera haket allt mer ofta, till allmänt förtret.

– Några jag känner sa Sune hjälpsamt?.

– Du känner igen dom när du ser dom sa Sven Zen, dom ser ut som vandrande klotterplank, fast med flätor och örhängen.

– Jaså dom två sa Sune nyktert, dom som alltid är snuviga? Eller om dom försöker fånga nåt, svårt att säga i det fallet filosoferade Sune vidare.

– Precis sa Sven Zen, gick väl deras ära förnär, utkastandet alltså, förtydligade han.

– Ja i varje fall så återkom dom senare på kvällen, fly förbannade, och ordentligt stärkta av nå, hotade oss och menade på att nu jävlar skulle vi få betala för beskydd, om vi ville behålla hälsan, och sa att om en vecka skulle vi ha femtio tusen svenska pengar redo.

– Jaså, dom sa det sa Sune lyckligt, medans ett sardoniskt grin spred sig över hans ansikte, det ser jag fram emot, det kan jag inte neka till sa han och knöt händerna så det knakade i knogarna.

– Vad hade du tänkt dig, för det ser ut som du har tänkt lite, kompis.

– Ja höll Sven Zen med, hade väl tänkt att förpassa dom till dom sälla jaktmarkerna, så dom får träffa sin skapare, visserligen lite snabbare än beräknat, men ville höra din åsikt i frågan.

- Ja så mycket frågor har jag väl inte, men däremot sitter jag väl inne på en del svar.

- Ja det var ju du som var idésprutan i gänget, så jag överlåter det till dig att komma på nåt.

Sune satt med beslöjad blick en liten stund och sen sa han.

- Nu har jag det, nu vet jag hur vi ska göra, på tidén att vi hjälper Sam Hellet, i alla fall i starten, utvecklade Sune vidare.

- Våran Sam sa Sven Zen lite lätt förvånat?

- Ja, han är ju ansvarig för gängbekämpningen numera sa Sune.

Sam Hellet var en gammal bekant från ungdomen som av och till hade varit med i gänget från ungdomstidén.

- EU: s gäng lär väl utan vidare kvala in under den beteckningen höll Sven Zen med, vad sägs om en liten kvällsgrogg ute på balkongen?

- Trodde aldrig du skulle fråga, klart som korvspad att jag vill det, och det är bara förnamnet, snart kommer väl kvällsbrisen också, har jag väntat på hela dagen, man försmäktar ju i den här jävla värmen pustade Sune.

Med groggarna på plats satt man en stund och ritade ringar på bordet med glasen, och stirrade oseende bort mot Svea Hovrätt.

Några behagliga timmar förflöt på detta sätt innan man beslöt att gå ner i dom rent sanslösa utrymmena i källaren, bakom skeppshandeln i bottenvåningen.

- Här har inte inventerats på många år, men jag har ju en svag aning om vad som finns härnere sa Sven Zen, lätt optimistiskt, och att det är en guldgruva, det har jag ju förstått.

Och det var ingen överdrift, för Farbror Knut hade ju, bland mycket annat köpt upp konkurslager och dödsbon från alla möjliga håll och kanter, detta hade pågått under många år, så källaren var bystad med prylar från golv till tak, det fanns tammefan allt i den där källaren från cementblandare till gradsaxar och rundvalsar, borrmaskiner, svetsar, och en mängd handverktyg, allt man kunde tänka sig.

Längs en av väggarna, täckt av diverse gipsskivor, armeringsmattor och cementsäckar stod den, en enorm vaccumförpackningsapparat, en gång i världen inköpt från det forna östtyskland, den var avsedd att kunna förpacka större kräk, typ hästar, kor, och till och med fullvuxna älgar, bara man vek in benen, varför nån skulle vilja göra det var ju en gåta i sig, troligtvis hade det med matförsörjning i fält att göra, och Farbror Knut hade visst kommit över den för en spottstyver och slagit till direkt, för näsa för affärer hade han.

- Funkar den, frågade Sune förhoppningsfullt och tittade på Sven Zen med dimhöljda, alkoholblanka ögon.

- Absolut sa Sven Zen, har själv sett den i aktion, och det stämde ju bra, han hade vid några tillfällen hjälpt Farbror Knut, saligt var hans minne, att förpacka stora balar med något grönt som luktade illa. Nån som hade varit i Amerika påstod att det luktade skunk.

Balarna hade av uppdragsgivarna lastats på stora båtar för att till havs tippas överbord, med förhoppningen att dom med strömmarnas hjälp skulle ta sig till norska kusten, dock hade beräkningarna inte stämt så väl överens med verkligheten så istället för att flyta iland på norska kusten hade dom strandat på den svenska västkusten, vilket hade givit upphov till en del skriverier i pressen vid den tidén. Folk hade vallfärdat till västkusten för att om möjligt ta del av överskottet.

Farbror Knut hade haft många strängar på sin lyra och grundlagt sin förmögenhet på diversifierade verksamheter i ren och skär entreprenörsanda, mycket framgångsrikt dessutom.

- Högt i tak är det ju också, och kontorets golv är ju lagrets tak, det måste ju vara i alla fall minst tio meters fritt fall sa Sune och plirade uppåt, eftertänksamt.

- Skeppshandlare behöver ha högt i tak sa Sven Zen konspiratoriskt och flinade brett.

- Så här gör vi, sa Sune, vi tar betongkapen, kapar upp ett lämpligt hål på lämpligt ställe i kontorsgolvet, förslagsvis runt besöksstolarna och soffan, proppar fast en järnram i hålet, tillverkar två gångjärnsförsedda luckor, monterar dom och säkrar med en sprint, förslagsvis eldriven och naturligtvis manövrerad från skrivbordet medelst ett nödstopp, och allt vi behöver finns

ju här nere sa Sune och gjorde en svepande rörelse med ena
handen, vad tror du om det, kompis?

- Tror jag hajar sa Sven Zen konspiratoriskt, åsså drar vi fram
underdelen till vaccpackaren, placerar densamma under hålet,
drar fram plasten och sen är det bara att invänta nerslaget sa han
drömmande, en jävligt vacker tanke!

- Glimrande om jag får säga det själv pös Sune självbelåtet och
tände en tobak, här, ta en du med sa han och skickade över
paketet.

Kvällen tillbringades med att plocka ihop dom verktyger som
skulle behövas nästkommande dag, man avslutade kvällen med
en omgång i rökbastun för att frammana den rätta känslan av
rättfärdigande, normalt hade man inga problem med att skilja
rätt från fel, men i det här fallet kände man sig utmanade och
om sanningen ska fram så såg dom fram emot det här med illa
dold skadeglädje.

Efter en drömlös natts sömn sammanstrålade dom två,
numera inte bara kompanjonerna utan även kumpanerna,
ute på kontorsbalkongen för att med kaffekopparna i högsta
hugg njuta av morgonbrisen, vilket vid gott väder var dagens
höjdpunkt.

- Jag har funderat lite sa Sven Zen, sörplandes ur sin bästa blåa
mugg, som för övrigt var det enda kända designföremålet på
hela Cirka, en Iittala som han av någon anledning bevakade
svartsjukt.

- Om vi låter dom här två tovlingarna stå på näsan från tio
meters höjd, rätt ner i betonggolvet, så kommer någon troligtvis
att sakna dom.

- Dom där sa Sune fnysande, har ett utseende som endast en
mamma kan älska och det var ju dom som började, inte vi.

- Jag menade inte så, utan snarare att vi inte kan låta dom ligga
kvar här, utifall nån kommer hit och kanske letar efter dom.

- Oroa dig inte, jag har allt klart för mig, koncentrera dig på
jobbet istället, det är ju du som har byggvanan sa Sune milt
överseende, och med detta sagt så började dom med att rota
fram lämpliga järn att bygga ram och luckor av. Sen så ritade

man upp där man skulle såga i golvet, släpade fram den lätt antika men fullt fungerande betongsågen och anslöt vatten och el, och sen sågade man upp golvet i lämpliga bitar och lät dom falla rätt ner i golvet under dom, dom splittrades i små bitar och såg belåtet att bitarna hade rasat ner på rätt ställe, där dom hade hoppats.

Dom två vännerna såg gillande på varandra, tog en liten paus och begrundade det väl utförda arbetet.

Man fortsatte sedan med att bulta fast en rejäl ram inuti hålet och sen togs mått för luckorna som tillverkades och sedan byggdes en arbetsställning upp för att kunna svetsa dit gångjärnen och en sinnrik elektrisk utlösare monterades dit.

Man drog upp det elektriska till skrivbordet, kopplade in det hela till ett vanligt nödstopp, ett sånt med en stor röd knapp på, som placerades på skrivbordet, så att man snabbt skulle kunna smacka till den.

– Helvete sa Sune, nu är man så skitig om händerna att man kunde tro att det var fötterna!

Sven Zen skrattade lite pliktskyldigt för det var ju inte första gången han hörde Sunes skämt.

– Hörru, vi har ju det roligaste kvar, vi måste ju provköra anläggningen innan vi stupar i säng, eller hur?

– Givetvis, givetvis, men det blev inte bra, det är bra gjort sa Sune, som alltid när stadspojkarna gör nåt.

Efter provkörningen, som förlöpte planenligt gick man iväg till bageriet som hade släppt ut förföriska dofter ett bra tag och nu stod dom inte ut längre, vrålhungriga som dom var efter att ha varit igång nästan ett dygn i sträck bullade dom upp för en rejäl frukost som avnjöts under största möjliga tystnad. Efter lite halleluja med påtår till det stupade man till sist i säng och sov gott, gripna av stundens allvar som dom var.

Dagen efter träffades dom som vanligt uppe i kontoret för att gå igenom det framtida scenariot.

– Har funderat lite sa Sune kontemplativt, där dom satt och fikade, lätt sömndruckna, men inspirerade.

– Som det är nu, så rasar dom i golvet och vid nedslaget

så förpackas dom automatiskt och blir då ett paket vaccumförpackade busar, och det är ju inte bra utvecklade Sune vidare.

- Inte bra sa Sven Zen frågande, vad menar du, inte bra?
- Nja, sa Sune inte bra för konsten alltså, passar inte in i min plan, jag har en vision nämligen, en grandios sådan, min bästa hittills, rentav.
- Ja men låt höra då, upplys en medmänniska för guds skull, sa sven ivrigt.
- Jag vill ha dom en och en, för vi ska arrangera dom i lämpliga ställningar sa Sune.
- Är väl inga problem, vi skär upp paketet och gör två av dom bara?
- Exakt, och jag tänkte såhär, en bra pose är stålmannen i flykt, du vet ena benet uppdraget och ena armen rak, strävandes framåt.
- Och den andra?
- Där har jag inga bra idéer ännu, har du?
- Vad sägs om framstupa sidoläge, jag menar, i brist på annat?
- Det duger sa Sune och lyste upp, det duger bra, och nu kommer det fina i kråksången, när dom så ligger i sin nya skrud så tar vi hönsnät och najar fast runt hela kroppen på dom, och sen förstår du, blandar vi till lite bruk och putsar upp dom med det så dom blir ett par vackra statyer, vi får inte glömma att gjuta in ett par fästen i botten för framtida montering, och sen borrar vi fast dom ute på landet, ute på udden, mot farleden, vad tycker du?

Sven Zen, som satt med öppen mun, stirrade häpet på Sune och skakade på huvudet, stum av beundran över Sunes påhittighet. Under tidén han hade pratade hade han ställt sig upp och demonstrerade nu ivrigt stålmannen posen från olika håll.

- Låter bra det där, förutom en sak då.
- En sak, vad skulle det va?
- Skulpturer, jag tror att det vi ska göra är skulpturer, inte statyer.

Sune slog sig ner vid skrivbordet och sa.

- Och vad skulle skillnaden vara?
- Sockeln, när du störtar statyer så spar socklarna, för dom kan användas igen, har du aldrig hört det?
- Det har du rätt i, då hamnar dom här i kategorin "skulpturer" sa Sune belåtet och smakade på ordet några gånger.
- Men det gör ju oss till skulptörer, och det har ju en betydligt bättre klang än mördare, raljerade han vidare.
- Vad tror du grannen på landet kommer tycka om sin delvis nya utsikt då?
- Likriktaren, han säger nog inget, när han inte gräver ner lik på kyrkogården så sitter han ju i sin verkstad mest, och håller på med sina uppfinningar, det är en trevlig prick, likriktaren.
- Bra att ha att göra med, gillar inte folk, ja, förutom dom närmaste då.

Och det stämde ju, men det hade sina skäl, för Tesla som han också kallades hade försökt att återskapa ett experiment som han hade hittat på internet, men det hade inte gått riktigt som han hade tänkt sig.

Han hade konverterat sin gamla Beach Buggy, med folkvagnsmotor, till vätgasdrift enligt Stan Meyers välkända recept, och till omgivningens stora förvåning också lyckats med detta.

I ett par års tid hade han, lycklig och tillfreds, kört runt på somrarna och tankat hade han gjort i närmsta vattendrag, detta hade dock inte passerat obemärkt så ryktet hade spridit sig vida omkring och fått till följd att en viss TV-kanal (nära dig) beslutat att uppmärksamma detta, i miljötänkandets era, och fått till en intervju med ovan nämde uppfinnare.

Dom träffades vid hamnen i Spillersboda där Tesla vankade omkring i sina vanliga gröna gummistövlar, med extra tjock sula, och som vanligt med ena handen i bakfickan, båda dessa försiktighetsåtgärder var fast cementerade i Teslas ryggmärg efter hans mångåriga gärningar i sitt högspänningslabb.

Han började med att förevisa den gamla Buggyn.

- Ja ni ser ju själva, bilen är ju inte i nyskick precis, men det har ingen betydelse, går att göra på nya bilar också, i Frankrike till exempel är det många som monterar in en så kallad Geet valve, på svenska säger vi att man Gittar bilen, finns färdiga satser att köpa, för till exempel två liters fyror, eller vad man nu åker.

- Och hur fungerar den då frågade journalisten begåvat?

- Den fungerar på så sätt att du kan ersätta 75 procent av dieseln, eller bensinen, med vatten istället sa Tesla triumferande.

Journalisten såg med illa dold misstro på Tesla och sa

- Och det här skulle va en sån då, sa han samtidigt som han lyckades förmedla ett spydigt ögonkast åt kameran.

- Den här, sa Tesla är ännu bättre, för den körs enbart på vatten, se själv sa han och öppnade överdelen på den hemgjorda tanken, fortfarande med ena handen i bakfickan, reportern tog ett par steg närmare och tittade skeptiskt ner i tanken där det på bottnen skvalpade runt något som vid en första anblick såg ut som vatten, han sniffade försiktigt i tanken och sa,

- Luktar absolut ingenting, och tittade ännu en gång in i kameran.

- Klart det inte gör, det är ju vatten sa Tesla förnärmat och tänkte att den där verkar ju va mer än lovligt korkad, men han sa inget.

- Nu ska vi tanka sa Tesla och greppade en röd hink ifrån baksätet, där den brukade ligga, och spatserade ner till bryggan med kamerateamet i släptåg, böjde sig ner och skopade upp en hink vatten och gick tillbaka upp mot bilen fyllde på i tanken och sa

- På det där kör jag tur o retur Malmö lätt, varpå han hoppade in i bilen, startade upp den och gick ur igen, ställde sig bredvid reportern och sa

- Frågor på det?

Den enfaldige reportern såg fåraktigt på Tesla och försökte komma på någon intelligent fråga, till slut undslapp han sig

- Är det du som är pappa till den här uppfinningen då sa han och klappade försiktigt på bilen som fortsatt puttra på tomgång?

- Nej, sa Tesla, han hette Stan Meyer, han gick inte att köpa, han var pingstvän, han lade ut det som fritt patent på internet, det var där jag hittade det.

- Vad hände med honom då sa reportern som nu hade ryckt upp sig lite?
- Bland annat så demonstrerade han på amerikanska försvarets stridsvagnar, och flera andra fordon som dom hade, han menade till och med på att han kunde köra rymdfärjan på det.
- Ja, men det måste ju ha varit kanon utbrast reportern som plötsligt hade fått en vision om ett globalt oljeoberoende, Tesla såg förvånat på honom.
- Kanon kan man nog inte säga, inte för honom i alla fall, han blev mördad nämligen, han kom utspringandes från en restaurang, skrikandes
- Jag har blivit förgiftad, sa Tesla, som nu hade blivit så upprörd att han, utan att tänka sig för, sträckt upp båda händerna runt halsen, simulerandes Stan´s sista metrar, men han fann sig snabbt och stoppade ner den ena i bakfickan igen.
- Mördad sa reportern, och nu var han förvånad igen.
- Ja, tror du inte dom där bränslekontrakten är värda nåt, Jag menar, ja du vet ju själv vad kosta att tanka bilen, då kan du ju föreställa dig vad det kostar att tanka en rymdraket?
- Raket? ekade reportern, och såg återigen fåraktig ut.
Nu tyckte Tesla att stunden var inne att avsluta intervjun, så han hoppade in i sin bil vinkade adjö åt människorna där och begav sig hemåt med en smått gnagande känsla i mellangärdet.
Och den känslan visade sig stämma.
Två dagar senare när han kom hem efter en ovanligt usel, och därför lite längre tur än vanligt på sjön, så upptäckte han till sin förvåning att någon eller mera troligt då, några, illvilliga människor hade tillgripit hans numera rikskända, för att inte säga världsberömda Beach buggy.
- Och det var ju inte riktigt vad han hade tänkt sig, jag menar, vem vill bli av med bilen, bara sådär, sa Sven Zen, billig i drift som den ju var också.
- Ja det är ju för jävlig, sa Sune, som det har blivit här i världen, man kan inte ens lita på oljebolagen längre.
- Men skit i dom, vi har ju vårt eget skit att ta hand om, sa Sune och betraktade den nymonterade falluckan som var infälld i

golvet.

Sven Zen som ännu inte ville släppa Tesla fortsatte

- Nä, han ringde mig i morse, han undrade hur vi mådde och så där, frågade när vi skulle komma ut till viken, eller lårbensviken som ju var det riktiga namnet egentligen.

- Ja, och vad svarade du då?

- Att vi nog skulle ha fullt upp den närmsta tidén framöver, men att vi skulle skynda oss på så mycket vi kan.

- Skynda och skynda, vad sägs om en tur ner i "Stängt", fylla upp depåerna kort sagt.

- Kunde inte sagt det bättre själv, höll Sven med, nu går vi.

Väl nere på restaurangen, som för övrigt endast hade några strögäster som dröjde sig kvar, vilka fick ett par ogillande ögonkast när ägarna traskade förbi, på väg mot personalbaren, ett lätt upphöjt podium, längst in i lokalen, där man hade full uppsikt mot ingången, innanför baren stod också en cigarettautomat som förde det udda märket "på", vilken kopplades in vid festliga tillfällen, när restaurangen var öppen för bara inbjudna t ex.

Det var ju aldrig tänkt att det skulle bli en restaurang av det hela, man hade ju bara velat ha någonstans att festa när man fick besök av gamla vänner som anlände med varor från all världens hörn, och dom flesta kom med gamla segelskutor som dom vårdade ömt och i anslutning till kajen kunde man dra upp sina fartyg på en stor slip och sköta om dom på bästa sätt. Dom hade döpt sin restaurang till "Stängt" för att dom inte ville ha några gäster, men du vet väl själv hur det är med planer, dom går ju sällan som man har tänkt sig.

Det hade i princip börjat direkt "Stängt" var klart, när folk som var ute och gick, och såg att folk satt och åt lunch därinne så började dom rycka i dörren och banka på glaset, för dom var ju också hungriga, och dessutom så satt det en gammal restaurang skylt kvar på väggen, så vad skulle dom tro?

Jo, lösningen blev att man tillverkade en skylt till, men på den hade man nöjt sig med att skriva "Stängt" och satt upp under den gamla skylten, så folk som gick förbi kunde läsa Restaurang

Stängt vilket dom själva tyckte inte kunde misstolkas.

Reaktionen på detta hade blivit minst sagt oväntad, det verkade snarare som att det eggade dom, än lugna dom.

Till sist hade man fallit till föga och insett att man lika gärna kunde slå mynt av situationen och öppnat Stockholms i särklass dyraste lunchrestaurang.

Men trots den horribla prisnivån, där den simplaste lunch renderade ett minimipris på ettusen svenska pengar, och där det dessutom togs ut en godtycklig schablonavgift på tillbehören smör, bröd, sallad och dryck, allt beroende på personalens dagsform. Det innebar ju förvisso att i undantagsfall, beroende på gästens uppförande, kunde bli lika dyrt med tillbehören som med maten.

Men enligt naturlagen "allt fungerar tvärt emot vad du tror" så hade restaurang "Stängt" blivit en veritabel succé.

Från och med den första öppningsdagen hade anstormningen varit total, hela Riddarholmen satt där och avnjöt sina välsmakande luncher, och det bar sig inte bättre än att redan den tredje dagen hade man från Stadshusets sida insett att en ny skärgårdslinje, givetvis under SL´s flagga, måste sjösättas, för att transportera stadsförvaltningens tjänare till köttgrytorna.

Sällan har väl ett politiskt beslut gått fortare än detta, det skulle väl i så fall vara genomförandet av Fra-lagen, som gick över en natt, mer eller mindre, man kan lätt föreställa sig med vilken kraft den tummen hade tryckts in i ögat på nån.

Redan andra veckan började båtarna gå mellan Stadshuset och Cirka, avundsjuka som dom var på riddarfolket som hade gångavstånd till "Stängt" .

Riddarna måste ha haft ett utpräglat machokistiskt sinne för att trivas på ett dylikt etablissemang, för servicen var allt annat än bra, för att inte säga usel rent ut sagt.

Till att börja med så blev man notoriskt ignorerad av personalen, och när dom så äntligen nedlät sig till att komma för att ta upp beställningarna, så inleddes detta med att korten drogs, så att man fick in betalningen direkt och på det viset var gästerna redan i ett svårt underläge.

Och sen inleddes väntandet, och mera väntande, och klagade man, resulterade detta i att man enbart serverades vatten och bröd och kanske några illvilliga blickar.

Ganska snart insåg herrarna att man nog var tvungen att förlänga luncherna avsevärt, för att ha en chans att ta sig tillbaka innan arbetsdagens slut, detta gjordes dock med glädje, för man kände att man tillhörde en utvald liten skara, speciella liksom. Personalen ja, det var en märklig blandning av diverse vinddrivna existenser från jordens alla hörn, som av olika anledningar hade samlats på Cirka.

Petter, kocken, var en från det gamla gardet, hade tillhört samma gäng, likaså dom två systrarna som skötte serveringen, Polly och Esther, resten av hjälpredorna i köket bestod av folk som jobbade ett tag och sen försvann, eller som Pedro, spanjoren med det eldfängda temperamentet, och Paddy, en irländare, som av olika anledningar blivit kvar, antingen av kärlek eller för att man helt enkelt inte hade någonstans att ta vägen, och skötte man sig kunde man bli kvar länge.

Med på lunchbåtarna följde ibland ett sällsynt drygt skrävlargäng, som på ett karaktäriskt sätt bar sina Armanivästar utanpå kritstreckskostymerna, detta brukade inträffa då och då, i allmänhet var dom så kraftigt påverkade av någon substans redan när dom kom, så påverkade att man ett tag övervägde att införa ett obligatoriskt drogtest av matgästerna, för att öka trivseln.

Dock hade detta berömvärda initiativ skitit sig redan i starten, då det inte fanns några enkla sätt att tvångstesta kritstrecken, men mycket talar för att det hade varit en god idé, att mota Olle i grind.

Eller som i det här fallet Einar och Uno, med anhang.

Sven Zen och Sune satt i personal baren och betraktade glatt skådespelet som utspelade sig framför deras ögon.

- Stackars jävlar sa Sven Zen, med illa dold skadeglädje, titta på Einar och Uno med anhang där borta, dom beställde för en och en halv timme sedan, och hittills har dom bara fått vatten och bröd.

- Det stämmer inte, insköt Sune vänligt, Pedro bjöd dom på varsina tolvor Absint. Spansk 93 procentig, äkta vara, med andra ord.

- Och det har dom satt i sig till lunch sa Sven Zen klentroget, inte undra på att dom hänger med huvudet då.

- Pedro kom och frågade om han kanske skulle ge dom lite av Hoffmans droppar, men jag tror inte att dom tar sig härifrån då, synd för det hade ju varit kul och se.

- Onekligen, onekligen, vidhöll Sven Zen, vad fan står det på västarna, lite svårt att se härifrån.

- Jag går och tittar till dom lite sa Sune, ser att dom trakasserar serveringen, kommer straxt.

Sune begav sig bort mot avarterna som satt och uppförde sig obra på alla möjliga sätt, försökte tafsa på personalen, ovanligt perverterade.

Hans blotta uppenbarelse lugnade på ett naturligt sätt ner stämningen, och han återvände till Sven Zen.

- Nå, vad står det sporde Sven Zen?

- Det står G. E. T. Med stora bokstäver i mitten och i en cirkel står det Global Ekonomisk Terror.

- Åh fy fan, säger du det, och dom vill ha våra pengar, också, fy faan!

- Dom kommer i morgon kväll och inkasserar.

- Passar bra, då hinner vi klart med det som fattas, skruva fast möblerna till exempel, annars får vi skaffa nya hela tidén.

- Låter som du planerar en fortsättning?

- Ja, med tanke på Sam Hellet, han kan nog behöva ett handtag.

Sam hellet hade också varit med det gamla gänget, visserligen inte i någon framträdande position, men helt oskyldig var han inte, och hade efter skoltidén valt att bli polis, som sin far, och därefter hade deras vägar inte korsats, däremot sågs han ibland till i TV, där han agerade expert.

Sune vinkade till sig Pedro som med hjälp av Paddy till gästernas stora förtret började duka av bordet.

Petter kom och slog sig ner i baren, och tillsammans så såg dom på när gästerna utrymdes från lokalen.

Petter hade kommit till Sverige som adoptivbarn tidigt sextiotal och hans militäriske styvfar hade, som något slags sjukt skämt döpt grabben till Petter,
Afrikanskt ursprung som han hade.
Därefter hade militär närstridsträning tagit vid, den startade samma dag som han kom, och slutade först när han flyttade hemifrån, så svarte Petter var det ingen som skrek efter honom, inte ostraffat i alla fall.
Dom andra kom också och satte sig, nu när lokalen äntligen var tömd.
Man pluggade in den ekologiska cigarettautomaten och satte sig ner med en kopp kaffe och en rök.
- Tror vi håller Stängt i morgon sa Sven Zen, vi sätter upp en skylt om att vi inventerar.
- Låter som en bra idé höll Petter med, vi tänkte åka ut till landet, tjejerna och jag sa han, funkar det?
- Givetvis Sa Sven Zen, du vet var nycklarna hänger, annars är det bara att gå ner till Tesla, han kan ha dom.
Dan efter, när dom hade vaknat ur sin välbehövliga sömn, så uppsökte dom två vännerna kontoret för en uppfriskande fika.
- Premiär idag då sa Sven Zen, och sörplade ur sin favoritmugg, hur känns det, kompis?
- Bara fint, kan knappt hålla mig, vi måste provköra en gång till så att vi vet att det funkar.
Man skruvade fast fåtöljerna i luckgolvet, bordet fick vara löst, då det annars kunde orsaka köbildning ner i hålet, och det ville man ju inte.
- Tror du nån kommer att sakna dom då?
- Vilka då, svarade Sune, med tankarna på annat håll?
- Ja, men, vilka tror du, utpressarna så klart, sa Sven Zen och ställde fram ett par iskalla på skrivbordet.
- Jaså dom, Oxhjärta och Bitchtits, menar du sa Sune och skrattade rått, knappast, snarare tvärtom. Tror dom kommer göra sig jävligt bra som skulpturer i Roslagen däremot, och han såg det framför sig, en vacker syn.
Han väcktes ur sin vision av Sven Zen som sopade till

nödstoppsknappen, varpå luckorna öppnade sig planenligt. Dom gick ner i källaren och stängde igen luckorna och apterade sprinten igen, ställde in vaccpackaren för en direktinslagning vid ankomsten, eller ska det vara nedkomst? Och begav sig upp till "Stängt" för att finslipa formen.

- Nu tror jag bestämt att dom kommer sa Sven Zen, ett antal kaffekoppar senare, och straxt så hördes ett väldigt brakande när dom två blivande konstverken anlände på sina amerikanska motorcyklar.

Sune som ivrigt hade gått för att öppna dörren, släppte med ett leende in dom graffitiprydda gästerna, och slängde samtidigt en snabb blick åt båda hållen utanför dörren, vände sig om, låste dörren igen, och välkomnade gästerna.

Sven Zen som stod vid kaffemaskinen frågade förbindligt leende om herrarna önskade förfriskningar möjligen?

Oxhjärta och Bitchtits skakade på sina huvuden och sa med en mun,

- Nej tack, vi kör! Var fan är våra pengar? Jävla ärthjärna!

Ärtor, tänkte Sven Zen och började fnittra, är väl i storlek som era testiklar, ungefär. Oxhjärta och Bitchtits blängde misstänksamt på Sven Zen som nu räckte över en kopp kaffe till Sune som överslätande menade på att om man nu bara ville följa med upp till kontoret så kanske man kunde få detta överstökat, så att alla kunde gå vidare med sina liv.

Vid detta så bar det sig inte bättre än att Sven Zen började fnittra igen.

- Vad är det för fel på den där då? sa Oxhjärta till Sune, som verkade vara den normalare av dom två.

- Äh, han är bara lite nervös av sig, är ju inte varje dag vi har så celebert besök sa Sune och gav ett varnande ögonkast åt Sven Zens håll, och ett lugnande åt "gästernas" håll, vid det här laget befann dom sig nu uppe på kontoret och Sune bad dom att slå sig ner på anvisad plats, besöksfåtöljerna, så kommer det här att ordna sig, ta det bara lugnt, mässade Sune vidare.

- Tror aldrig jag har hört så mycket skitsnack på en och samma dag sa Oxhjärta, som verkade vara chefen, och vädrade

misstänksamt i luften åt Sven Zen, som inte kunde sluta fnittra.
- Vad skrattar han åt?
- Åt er, era arma jävlar, sa Sune och klappade till på nödstoppet som öppnade falluckan och dom två utpressarna störtade med ett unisont vrål ner mot betonggolvet tio meter nedanför.
Skriken tystnade tvärt några långa sekunder senare, för att följas av ett skrynkligt, sugande ljud, som efter några minuter sakta avtog i styrka, för att med ett pysande ljud meddela att en lyckad vaccumförpackning hade ägt rum.
I den talande tystnaden som rådde kravlade, dom nu definitiva kumpanerna, försiktigt fram mot avgrunden som hade öppnat upp sig.
Dom stod på alla fyra och kikade andaktsfullt ner i källaren, båda höll andan utan att tänka på det.
- Synd på bordet, sa Sven Zen, det där måste vi lösa på nåt sätt.
- Mmm, om dom ändå kunde gjort något roligare av det suckade Sune, smått stött, vad det verkade som.
- Av sina liv menar du sa Sven Zen häpet, lite imponerad av Sunes socialantropologiska reflektion?
- Nej, av själva nedslaget snarare, det där blir ju inga snygga skulpturer direkt sa Sune och betraktade röran nedanför, och man får vara benägen att hålla med honom, för någon vacker syn var det förvisso inte.
Det till kaffeved sönderslagna bordet låg huller om buller omkring dom två torpederna som hade fastnat i något som såg ut som en krampaktig dans, fast hårt förpackade då.
- Nåja, sa Sven Zen tröstande, vi går ner och klipper upp dom, arrangerar dom i lämpliga ställningar, som vi sa förut, låter dom stelna så innan vi gör en ny vaccning.
- Hur lång tid behöver dom på sig för att stelna då undrade Sune.
- Beror väl på, vi får väl gå ner och kolla ibland, tyckte Sven Zen, vi har ju inte korna på isen direkt, och vi måste ju stänga luckan igen. Efter det så gick dom två vännerna upp på kontoret, där allt såg ut som vanligt igen, minus ett bord då förstås, kaffet som vid det här laget hade kallnat hälldes ut och i

stället fylldes det på med konjak, för nu ville man fira den glada tilldragelsen.

– Jag föreslår att vi klipper en hövding till konjaken sa Sune och öppnade en låst låda i skrivbordet och tog fram en importerad specialblandning.

– Jag kan en historia om en hövding sa Sven Zen, vill du höra?

– Skjut, mannen, sa Sune och puffade på för kung och fosterland.

– Den heter "den röde mannens hämnd på den vite" och den går så här: hövdingen och hans män sitter runt lägerelden och röker fredspipa då det dyker upp en vit man som undrar vad dom röker på?

Den röde hövdingen som då blir förskräckt, tänker, först tog dom våra bufflar, sen tog dom vårt land, och nu vill dom ta det här, så hövdingen tittar sig omkring för att se om det finns nån helt värdelös växt inom synhåll, och där står den, tobaksplantan. Så den röde hövdingen pekar på tobaksplantan och säger att "den där röker vi på".

Glad i hågen traskar så den vite mannen därifrån, och spred sen den odugliga plantan över hela världen.

– Du, det där låter ju så otroligt att det måste vara sant sa Sune och skickade vidare specialblandningen till Sven Zen.

– Mycket troligt sa Sven Zen nyktert, måttet var väl rågat.

Man avslutade sittningen, drack upp konjaken och begav sig ut på gatan för att köra ner motorcyklarna till baksidan och in på skeppshandelns lager för att vid ett senare tillfälle exporteras vidare österut.

Import/export marknaden åt det hållet var ju betydande, så förr eller senare skulle man ju bli av med dom.

Med detta gjort så gick man för att ta itu med det konstnärliga arbetet, skar upp paketen och bände i armar och ben tills det rätta stuket hade uppnåtts, innan man körde om dom, och den här gången fick man fram två märkvärdigt likadana skulpturer, och vad det beror på vet naturligtvis redan den uppmärksamme läsaren.

Dom inplastade ikläddes nu med armeringsnät som formades runt kroppen, för man ville ju inte att dom skulle säcka ihop i första taget, och sen så loppades järnmattorna ihop med svetsen och därefter kläddes allt med hönsnät som najades fast runt kropparna.

I fotändan på dom två skulpturerna bultades fästjärn fast i benen på dom så att det skulle gå, att genom att borra två hål i berget ställa ner dom och bara gjuta fast dom.

- Dömda att för evigt speja mot horisonten sa Sune och höll upp en solskyddande hand i pannan.

Man borrade några hål i betonggolvet och provmonterade skulpturerna för att kunna göra ett snyggt jobb nu när dom skulle putsas på runtom.

Putsbruk blandades till och det inte helt enkla arbetet med att få det att sitta kvar, tog vid, efter många omgångar med sleven så såg dom nu acceptabla ut, och man lämnade dom brinnande i källaren.

- Idag fick vi mycket gjort sa Sven Zen, där dom slagit sig ner uppe på "Stängt", gäspandes så det knakade.

- Lita på det, lite mat på det här så är vi på banan igen sa Sune, lätt svettig i pannan.

Resten av kvällen veks åt fria fantasier, yrslan infann sig så småningom, man kunde krypa till kojs, och sova en välbehövlig sömn.

Dagen efter vaknade man till strålande solsken och fågelkvitter, det var en förväntansfull stämning i luften när Sven Zen och Sune sammanstrålade på "Stängt" för att, som vanligt avnjuta en stabil frukost.

- Såg du på tv nåt igår, om Palmemordet, med han G.W. sa Sven Zen?

- GB? sa Sune lomhört, upptagen som han var av morgonens upplaga av Silade Nyheter.

- Nej, G.W., Professorn på Efterlyst?

- Vad är det med han, Undrade Sune lätt disträ?

- Han snackade om Olof Palme sa Sven Zen.

- Han som blev skjuten, frågade Sune och tittade upp från

tidningen med en bekymrad rynka mellan ögonen?

– Ja, vem annars sa Sven Zen och tänkte att ett luftombyte kommer göra Sune gott.

– Vi tar väl påtåren inne på kontoret, sa Sune och släntrade iväg åt det hållet.

Väl inne där så åkte tankemössan på ganska omgående och dagens uppgifter mejslades ut.

– Vi lastar in dom i skåpbilen och åker ut till landet, föreslog Sven Zen, efter morgonrusningen blir väl bra?

– Passar som toppluvan höll Sune med och knakade med fingrarna.

Efter morgonsittningen backade man fram skåpbilen till lagret och började med att beundra jobbet, som onekligen hade en minimal likhet med dom två filurer som häromdagen hade förgyllt deras enkla tjäll.

– Putsningen kunde visserligen ha varit bättre, men det duger, det duger bra sa Sune och strök med händerna över ojämnheterna som fanns.

– Ja, men du vet vad man brukar säga, övning ger träning sa Sven Zen, diplomatiskt, och det kanske blir fler tillfällen att putsa på formen.

– Ha, ha, tyckte Sune, du är rolig du.

Med mycket möda och stort besvär lyckades dom med konststycket att få in dom två skulpturerna helskinnade i bilen, och tur var väl det för man ville ju inte skada dom nu när man hade lagt ner så mycket jobb på dom.

Med godset väl fastspänt i skåpet satte dom sig i bilen, rattade in Christer i P3 och med 12/12 i högtalarsystemet så begynte dom färden ut mot lårbensviken.

– Jävla fin bit, det här, vem är det undrade Sune, som förvisso inte var någon större music lover i vanliga fall?

– Kallar sig visst för General Knas upplyste Sven Zen hjälpsamt.

– Generalknas ekade Sune?

– Nej, det är ingen fara, han heter det bara, förklarade Sven Zen tålmodigt.

– Gör han sa Sune förvånat?

- Nej, nej, inte Göran, General knas sa Sven Zen, nu mycket road, till skillnad mot Sune som såg mycket förvirrad ut.

- Åh fan, kläckte Sune till sist ur sig.

- Å-fan, det är näcken det, sa Sven Zen, lätt tagen av hur samtalet hade utvecklat sig.

Under tidén hade dom hunnit till Gustav Wasas torg, där dom hade grönt ljus till reggaetakten i bilen.

- Är inte det här en omväg om vi ska till landet? undrade Sune och såg sig omkring.

- Tänkte kolla in folket som ränner runt här nere, längs med strömmen sa Sven Zen och såg sig nyfiket omkring, dom sa på TV att det hade samlats en massa folk här i söndags och kastat ägg och tomater på Rosenbad, nån slags folklig protest, vad jag kunde förstå, men mot vad vet jag inte, finns väl massor att välja på, och sen att vi skulle hälsa på den gamle advokaten, Liljevit, på vägen ut mot Roslagen.

- Ja, det vore ju bra att språka med honom lite, höll Sune med, men fan vad konstigt dom går, kunde tro att man är på Östgötagatan, vad tror du dom bär på i sina portföljer?

- Ja, med tanke på kroppsspråket så är det väl redline påsar sa Sven Zen och flabbade initierat.

- Kan du inga historier om redline påsar då? Du har ju storys om allt, man kunde knappast skylla Sven Zen för att vara fantasilös.

- Jo faktiskt, så här var det med det, sa Sven Zen, du kanske minns, det blev uppmärksammat i media, man mätte upp hur många doser narkotika som passerade Henriksdals vattenreningsverk under en helg?

- Jo, höll Sune med, det kom han ihåg, hade fått stor uppmärksamhet.

- Vad inte många vet fortsatte Sven Zen, är att man först monterade in utrustningen på Helgeandsholmen, för att få ett referensvärde.

- Och hur gick det då, med värdet, menar jag, undrade Sune för Sven Zen verkade pausad?

- Ja det sket sig ju redan i starten, det med, dom där värdena gick ju inte att publicera, det var en rent skrämmande läsning, men dom gjorde om det igen, utan att det blev nån förbättring dock. Så man gjorde som vanligt, hemligstämplade hela skiten i femtio år, till att börja med.

- Och sen då?

- Ja, sen så satte man upp utrustningen i Henriksdal i stället, för att kasta lite skit på dom i stället, Nackaborna, alltså.

- Jag säger då det sa Sune och skrockade för sig själv, helt jävla otroligt!

Och det måste man ju hålla med om, man kan ju undra om detta verkligen var med sanningen överensstämmande, men som oftast fick man ta Sven Zens historier med en nypa salt. Men verkligheten överträffar ju alltid dikten, det ska man ha i åtanke. Christer i P3 avbröts av ett trafikmeddelande, där man konstaterade att två utmattade balter kört in med sina lastbilar i varandra, på självaste Stocksundsbron dessutom, vilket gjorde att man nog kunde glömma att ta den vägen ut på ett bra tag.

- Baltjävlar sa Sven Zen irriterat, kör med nattmössan på sig, som vanligt!

- Dom är väl glada för den sömn dom får, även om det blir bakom ratten sa Sune lakoniskt.

Under tidén hade dom hunnit åka upp mot Frihamnen, för Liljevit bodde i Lill-Jansskogen, granne med ett slitet industriområde, det rök ur skorsten när dom hade den lilla stugan inom synhåll, vilket var lite oväntat, så här mitt i sommaren.

Dom parkerade inne på området och gick sista biten, alltid skönt med en liten bensträckare.

Advokaten öppnade dörren innan dom hann knacka på, uppmärksam som han var, hade han sett dom komma.

- Vad i helvete, eldar du mitt i sommaren, sa Sven Zen, vad har hänt?

- Nja, det är bara lite känsliga papper som jag måste bli av med, innan nån får tag i dom, denne någon, misstänkte Sven Zen var troligtvis Skatteverket.

Den gamle Advokaten hade varit Farbror Knuts ekonomiske

rådgivare i alla tidér och numera hjälpte han Sven Zen, mest med Stiftelsen i ett av Europas mest korrupta länder ,där man vid ett lyckosamt tillfälle hade fått knivskarpa bilder på en högt uppsatt politiker knullandes ett par misstänkt unga flickor iförd bara mässingen. En inte helt ovanlig last bland detta fina skikt av människor.

Räkenskaperna hade väl aldrig legat på plussidan som dom gjorde nu, så man fixade några feta överföringar, till dit dom behövdes, innan Liljevit skulle bjuda på te, för att fira lite, då man körde kunde ju ingen alkohol förtäras, så han kokade därför upp en brasiliansk nöt av något slag och hällde upp tre rejäla muggar med en brunaktig dryck i.

- Har just fått hem det sa Liljevit och läppjade lite försiktigt på teet, så jag vet inte hur det smakar, men enligt panelen så skulle det här vara bäst.

- Panelen, sa Sune förvånat, han hade tömt sin mugg, törstig som han var?

- Vilken panel fyllde Sven Zen i och drack ur sin mugg med en grimas, för gott var det ju inte.

- Mest substans för pengarna, om man har sömnproblem, alltså fortsatte Liljevit, och det har jag.

- Vafan sova nu, vi ska ju ut till landet sa Sven Zen och gäspade stort.

- Är nog ingen brådska menade advokaten på, dom är inte klara med röjningsarbetet på bron än, så det är nog lika bra att luta sig tillbaka lite.

Sven Zen kastade ett getöga på Sune som satt med halvöppen mun och sov, bekvämt tillbakalutad i soffan.

Nästa Sven Zen märker är när han vaknar till och upptäcker att det redan har blivit mörkt ute, Sune jämrade sig lite i sömnen, Sven Zen ruskade liv i honom och dom tackade för sig och gick ner mot parkeringen.

- Nu slipper vi ju i alla fall köerna grymtade Sune och sträckte på sig, men vad fan, det är nån som lyser in i bilen våran, och på håll såg man ett irrande sken på parkeringen.

- Bäst vi lägger på ett kol sa Sven Zen, så bilen inte kommer på avvägar, och dom sista metrarna tillryggalades således i ett raskare tempo.

Vid en närmare titt visade sig lampan tillhöra en väktare som hade beslutat sig för att undersöka den bil som nu stod ensam kvar på parkeringen.

- Nån har glömt kvar sin mobiltelefon i skåpet sa väktaren skarpsynt, den har ringt som fan här.

- Säger du det, måste ha varit frugan sa Sven Zen, vi blev lite sena, trafikstockning du vet.

- Här uppe sa väktaren förvånat, och såg sig omkring på den för övrigt tomma parkeringen.

- Nja, inte just här kanske, men förut i dag, på eftermiddagen sa Sven Zen, nu lite irriterad för väktaren försökte ta sig en närmare titt in i skåpet.

Sune som fått igång bilen öppnade dörren åt Sven Zen som hoppade in och dom rullade på, vidare norrut.

- Han var nyfiken den där, muttrade Sune när dom tagit sig ut på E18 vid universitetet. Fast med den där frisyren får man väl inga kompisar. Frisyren som åsyftades var en ilsket blå mohawk.

- Ligger nog i jobbets natur, att vara nyfiken alltså, jag menar, vad får vi annars för samhälle, om folk missköter sina jobb, agerar illojalt. - Fy faan, sa Sven Zen som nu hade återfått normal ansiktsfärg igen.

- Och vad beträffar frisyren så har jag sett värre, detta utvecklade han dock inte längre.

- Vi får nog ligga som vi bäddat, är jag rädd instämde Sune dystert, färden gick vidare under tystnad, var och en hade väl sina tankar att kämpa emot. Mer eller mindre tomt på Norrtäljevägen, för en gångs skull, så var man snart framme vid provianteringsladan för att göra en riktig uppbunkring, som brukligt var när man passerade Norrtälje.

Men köerna var så deprimerande att man tyckte att ett besök på stämman var mera brådskande, med tanke på öppettidér och så. På vägen dit så stannade dom till vid den lilla kiosken "Nya farmors thai take away" för att få nåt ätbart i sig. Farfar i nämnda familj hade tyckt att det nog skulle vara kul för barnbarnen att få en ny Farmor, i samma ålder som dom själva, vad resten av familjen tyckte framgick dock inte. Den före detta hustrun var väl inte särskilt imponerad, däremot lättad, av förklarliga skäl.

Stämman, för att återgå, var en förkortning av bolagsstämman som myntades nån gång redan på sjuttiotalet och sen hängt sig kvar. Systembolaget var det som åsyftades, naturligtvis.

Inne på stämman var det värre än väntat, köerna började redan innanför dörrarna, men man var inne, det var det som räknades. Efter en timme var man klar, äntligen, och sen återstod den dryga transporten till bilen, man hade varit tvungen att ställa biljäveln på andra sidan ån, till råga på allt helvete, men väl framme så lugnade sig snart pulsen och andningen återgick så sakteliga till det normala.

- Vilken jävla pärs, men nu är vi på väg sa Sven Zen muntert och ställde in drickat bredvid skulpturerna, värre kan det väl inte bli.

Men det kunde det, visade det sig när dom äntligen hade lyckats tröska sig upp mot affären igen, nu var infarterna så igenkorkade att köerna började redan ute på vägen.

Men man bet ihop och lyckades till sist hitta en parkering i ena hörnet, varefter man skulle ha en kundvagn så man uppsökte vagnsskjulen, ett efter ett med samma klena resultat dock, så nu följde ett spanande efter människor vars vagnar snart skulle bli tomma, lika tomma som deras plånböcker nu var efter deras gränslösa shoppande som Sune uttryckte det.

Till sist var dom äntligen klara inne på affären och dom höll på att lasta in matvarorna i bilen när det plötsligt började ringa från en av skulpturerna, dom två kumpanerna tittade på varann, log brett, och Sune sa,

- Javisst fan det hade jag glömt, väktaren sa ju att det hade ringt.

- Ja, nån verkar ju sakna dom i alla fall, sa Sven Zen, och det dåliga humöret var som bortblåst, när hans nuna lyste upp.

- Men det har ju ingen större betydelse.

- Som en piss i Missisippi ungefär.

- Fast jag är ändå lite avundsjuk sa Sune.
- På dom där, undrade Sven Zen och hytte bakåt med näven,
mot dom två i skåpet.
- Nej, men på batteritidén i den där telefonen, den som ringde,
själv måste jag ladda hela tidén sa Sune misslynt, och stoppade
in laddkabeln igen i uttaget.

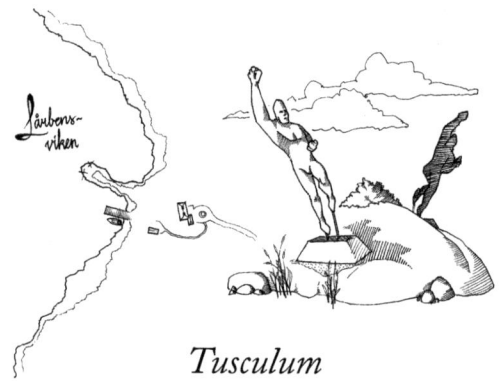

Tusculum

Dom två vännerna var snart klara med bestyren inne i nortan
och började åka ut mot Lårbensviken.
- Fan vad mörkt det är, måste ha hänt något, eller vad tror du,
frågade Sune sin gamle vän, när dom började närma sig viken.
Och det stämde ju, för ingenstans lös det i nån av kåkarna, på
väg ut mot landet.
- Måste vara strömavbrott höll Sven Zen med när dom körde in
på vägen ner mot huset, dom parkerade utanför stora huset och
klev ur bilen.
Nere vid sin verkstad stod Tessla och höll på att lasta ur sin bil.
- Svårt att få nåt gjort menade Sune på, när man helst har ena
handen i bakfickan.
- Gammal yrkesskada höll Sven Zen med, har väl med säkerhet
att göra.
Dom två kamraterna gick ner för att hjälpa uppfinnaren med
det sista.
- Vad är det som har hänt med elen, frågade Sven Zen Tessla
när dom närmade sig hans bil.

- Det hände en liten olycka, jag råkade dra ner en blixt i ett ställverk, var inte meningen, hann inte undan riktigt, sa Tessla.
- En blixt i ett ställverk, insköt Sune undrande?
- Jag hittade ett intressant experiment på internet, det verkade så lovande att jag tänkte pröva det.
- Det verkade ju inte gå så bra sa Sven Zen och såg sig omkring, becksvart som det var.
- Nej höll uppfinnaren med, hann inte med att flytta burken innan det small.
- Flytta burken, sa Sune frågande, vilken burk?
- Den här sa uppfinnaren och pekade på ett sfäriskt klot som stod på marken.
- Vad är det, undrade Sven Zen?
- En hiddink sa Tessla kryptiskt, den drar man ner blixtar med, till exempel, mycket användbar.
- Det verkar ju skitbra sa Sven Zen, men var gör vi av maten, vi har ju fulla bilen med käk?
- Matkällaren har vi ju förstås, sa Sune, vi får väl bära ner det där.

Man bar in hiddinken i experimentverkstaden, och gick mot skåpbilen för att ta itu med maten, den måste ju också bäras in. Sven Zen öppnade bakdörrarna och började lasta ur kassarna till Sune och Tessla som stod och tog emot.

- Vad är det där sa Tessla och glodde på skulpturerna som låg i skåpet?
- Det där, det är konst det sa Sune, inte så lite stolt.
- Nja, sa Sven Zen, kan man göra det själv är det väl ingen konst, men hur som helst, så tänkte vi förgylla strandlinjen lite, se hur det blir.
- Må det, må det höll Tessla med, när dom kånkade ner kassarna i matkällaren, som tur var hade man ficklampor utspridda på strategiska ställen, för det var ju inte första gången som detta inträffade, men första gången det var deras fel, eller i alla fall Tesslas.

När detta var klart så gick dom in i det nersläckta huset och kunde efter en genomgång konstatera att samtliga tv apparater i huset hade exploderat så hela golvena var täckta av diverse elektronikskrot.

Så med ficklamporna i högsta hugg satte man nu igång att sopa upp skiten, så gott det nu gick, och efter det så gick dom helt sonika och lade sig i trygg förvissning om att i morgon är en ny dag.

Dan därpå så vaknade dom två vännerna tidigt, satte på kaffe, gick ner och hämtade Tessla och slog sig sen ner på verandan, med utsikt över fjärden och udden.

- Dom snackade om runt femhundra hushåll sa Tessla dystert, på radion i morse.

- Och inte nog med det, dom sökte ett vittne, en medelålders person med tjocka gummistövlar och ena handen i bakfickan, som sågs lämna platsen i en gammal herrgårdsvagn sa Sune glatt.

- Men vad var det för problem du hade, du pratade förut om ett problem sa Sven Zen, när du ringde tidigare i veckan?

- Nja, det där hade att göra med att jag ville bli urkopplad ur elnätet, det är ju Mutroff som äger det där, men dom var ytterst kallsinniga, jag försökte förklara att jag klarade mig utan deras elmätare och abbonemangsavgifter.

- Fick du nåt gehör för dina idéer då, sa Sune, fortfarande lika glad?

- Kan man nog inte säga, abbonemangsavgifterna är en helig ko för dom, mitt system är helt avgiftsfritt, behövs inga mätare och det kostar inget, men det örat ville dom inte lyssna på, utvecklade Tessla vidare.

- Så du surna till då, och sen, undrade Sune?

- Ja, det var ju inte riktigt meningen det där, ville ju bara se om Hiddink hade rätt.

- Hade han det då, undrade Sven Zen som nu lade sig i samtalet?

- Tyvärr så läste jag inte igenom hela dokumentet, så här i efterhand borde jag nog ha gjort det, men jag gjorde det i natt och såg att jag hade gjort ett , hmm, misstag är nog ordet.

- Endast den som aldrig gör nåt, gör heller några misstag,

filosoferade Sune vidare.

Tessla hade dammsugit internet i dess barndom efter olika uppfinningar, mest om fri energi, och hade laddat ner ett imponerande arkiv om dessa ting.

- Lite tokigt att det hände just nu sa Sven Zen, vi vill ju inte dra på oss nån onödig uppmärksamhet, vi är i, låt oss säga, ett känsligt skede.

- I så fall sa Tessla, så sitter vi nog i samma båt.

Efter morgonbestyren satte dom igång, Tessla med att undanröja bevis som kunde koppla honom till det inträffade, och Sven Zen och Sune började med att hämta fyrhjulsvagnen för att transportera ner skulpturerna till udden, där dom skulle stå.

Därefter gick man och plockade ihop lite verktyg som dom skulle behöva och bar även ner dessa till udden, efter detta satte man ner sig och gonade lite i den ljumna brisen.

- Nu får uppfinnaren visst besök sa Sune, och smuttade ur sin mineralvattenflaska.

- Festligt tyckte Sven Zen, också smuttandes ur en vattenflaska.

Festligt var väl inte det rätta ordet, men besök var det otvivelaktigt, såg ut som servicebilar, från det stora elbolaget Mutroff till och med.

Sam Hellet, näst högste chef över hela klabbet, hade haft en dålig start på sitt vikariat som högste chef över hela klabbet, eller högste föresten, kändes aldrig som att ögat var långt borta, det som övervakar allt.

I går kväll hade han och hans hustru som för övrigt hette Gunsan, suttit i godan ro med några vänner ute på landet, på verandan som var utbyggd över vattnet och avnjutit diverse sillinläggningar och till detta hade Sam, sin vana trogen druckit konjak medans Gunsan druckit vin, några i sällskapet drack öl.

Plötsligt hördes en faslig massa explosioner, varav några tycktes komma inifrån deras egen kåk, därpå dog allt elektriskt, och det svartnade helt.

Sam som just hade fyllt upp sin kupa till brädden, skvimpade ut hela glaset över skjortbröstet sitt och sällskapet runt bordet var svårt chockade, flera satt med ringande öron och öppna munnar. I den öronbedövande tystnaden ringde plötsligt Sam´s telefon och den som hade den signalen, det visste Sam, han skruvade besvärat på sig och svarade efter fjärde signalen.

- Sam sa Sam, det var Gaspedahl, chefen som Sam vikarierade för, Göte Gaspedahl, en legendar inom svensk brottsbekämpning.

- Va fan är det som händer, här sitter man i godan ro, ute på landet och njuter av ledigheten när TV-jäveln plötsligt exploderar vrålade Gaspedahl i luren till Sam som såg lite ställd ut, Göte skrädde som vanligt inte orden.

- Är det terrorister i farten, eller vad fan är det frågan om, vrålandet fortsatte ett bra tag, Sam som hade tagit telefonen från örat tittade förvånat på dom andra runt bordet och sa
  - Hör knappt vad han säger, gör ni?
Sällskapet ruskade på sina huvuden, vågade väl inte annat.
- Lugn, lugn nu chefen, jag ringer några samtal så ordnar det sig nog sa Sam Hellet tröstande.

Det skulle han dock inte ha sagt för nu ökade vrålandet i styrka,
- Skärpning för satan, annars ska jag se till att du får börja skriva ut P-böter, istället för att sitta på arslet hela dagarna!
Vrålandet var en taktik som alltid används av inkompetenta människor, man kan säga att det är motsatsen till sunt bondförnuft.

Sam som inte skulle ha något emot att byta arbetsuppgifter ett tag, undslapp sig en försiktig suck och samtalet avslutades med att Gaspedahl slängde på luren i örat på Sam som lättad stoppade ner telefonen i byxfickan, bröstfickan var ju som bekant blöt.

- Jag får nog ursäkta mig ett tag sa Sam och avlägsnade sig diskret för att ringa sina samtal.
Sällskapet hade nu återhämtat sig såpass att glasen fyllts på, och sorlet spred sig igen.
Sam ringde in den ständiga jouren som bestod av Bong och hans teamkollega Habbel, dom hade sitt högkvarter ute på Barkarby flygfält i en gammal grön Norrlandsvagn som hade

sett sina bästa dagar och bredvid, en hangar i betydligt bättre skick än vagnen, som väl var bör tilläggas.

Det kan ju tyckas vara en märklig plats att husera Sveriges bästa Terroristbekämpare på, men läget, allt hänger på läget, som Gaspedahl brukade säga.

Läget berodde mest på att dom inte fick nån plats på Bromma flyget, så då fick man hålla tillgodo med det näst bästa, nämligen Barkarby.

Nackdelen var att det var längre att åka från hemmen i Äppelviken, där både Sam och Göte bodde, än till Brommaflyget.

Helikopterns uppgift var egentligen att transportera Gaspedahl och hans närmaste undersåtar under tjänsteutövningen, och inte som nu, köra ut folk till landet så att dom skulle slippa köerna, och dessutom hämta dom.

Hans två kämpar, numera sittandes standby på en gudsförgäten flygplats var ju ett otroligt slöseri med resurser tyckte Bong och Habbel, som i sin långtråkiga väntan på action hade beslutat sig för att förära helikoptern en tjusig bild, på undersidan av densamme.

Då båda hade en färgglad bakgrund som tunnelbaneklottrare, deras taggar var det många som hade varit intresserade av, inte minst SL, så var detta ett välkommet avbrott i tristessen.

Glada i hågen spankulerade dom två terroristbekämparna ner till första bästa affär som förde rätt sorts sprayfärger, märkligt nog sålde samma affär även cellulosaförtunning, och detta i sig sågs som ett gott omen, för när man målar kan det finnas ett behov av att tvätta av sig.

Väl tillbaka vid utgångsplatsen satte man igång med förberedelserna inför målningen, till att börja med skissade man lite på vad som skulle passa att pryda undersidan med.

- Vad tror du om ett Peacemärke, föreslog Habbel som var den mjukare av dom två?

- Då tror jag mera på ett anarkist A, i så fall, om det står mellan dom blängde Bong tillbaka.

Habbel som ville reparera den uppkomna skadan föreslog

snabbt ett alternativ.

- Vad sägs om ett piratmärke då, du vet, en dödskalle och ett par korslagda benknotor?
- Skull and Bones, det är ju fan perfekt, så får det bli!

Man satte igång med jobbet direkt, tillverkade schabloner av gamla pizzakartonger som dom tejpade ihop så att erfordlig storlek uppnåddes, därefter ritade och klippte man ut lämpligt mönster och avslutade med att tejpa fast kartongerna på undersidan och därefter målade man på med vitfärg, och eftersom helikoptern var svart (black flag operation?) så blev resultatet häpnadsväckande bra.

Eftersom Sam hade bett dom att köra ett varv ut över ön så gjorde dom två piloterna det, som alla vet tar ju inte det lång tid med helikopter, man färdas ju fågelvägen, och dessutom i betydligt snabbare hastigheter än på land.

Eftersom dom frekvent åkte över ön så noterade dom denna gång att det var något slags byggnadsarbete i gång ute på udden hos några av deras grannar, både Göte Gaspedahl och Sam Hellet inte bara bodde grannar i stan, dom var också grannar ute på landet, i Lårbensviken närmare bestämt.

Dom cirklade över, hovrade lite över Sam´s kåk, vinkade lite åt lillchefen och hans gäster som glatt vinkade tillbaka och vände sen åter igen.

- Vad är det dom håller på med där nere sa Bong när dom ännu en gång passerade över närmsta grannarna?

- Vete fan, ser ut som två sälar eller nåt.

På marken höll några figurer på att lägga ut nåt på udden, som på långt håll kunde misstas för sälar.

- Nä, det ser jag nu, det är ju statyer, för helvete, är det nåt konstnärskollektiv eller nåt liknande?

- Åtminstone konstigt, det kan jag hålla med om sa Habbel och gjorde en kraftig gir för att ta sig tillbaka mot huvudstaden och ställa in i hangaren igen.

Sam Hellet och hans vänner satt på den utbyggda verandan över vattnet och skålade upp mot helikoptern, som nu avlägsnade sig. Sven Zen och Sune observerade helikoptern som strök över deras huvuden.

- Ser du, vad fan menar dom med det där, sa Sune när luftpiskaren lågsniffade över deras huvuden?

- Fan trot, men är det inte en luftpirat, sa Sven Zen, måste vara en skämtare det där.

- Ja, en våghals är det i alla fall, åka runt under sjörövarflagg, jag menar den där är ju lovligt byte för vem som helst, enligt gammal sjölag får vem som helst borda och kasta dom i sjön.

- Kan väl inte vara helt lätt, eller, att få ner den menar jag sa Sven Zen fundersamt?

- Är nog inga problem sa Tessla, som nu hade anslutit sig till Sven Zen och Sune.

- Jag har ju Hiddinken, jag menar, drar jag igång den när helikoptern är i närheten, då är han rökt, det blir en sån jättekortis att allt brinner upp, åtminstone allt i elektronikväg, och det torde väl räcka långt.

- Då kanske dom skadar sig, det vill man väl inte frågade Sven Zen som var på sitt mest medmänskliga humör idag.

- Äh, det där är ingen fara sa Tessla, alla såna där moderna varianter har autorotering ner, så ner kommer dom alltid.

Och det kändes ju tryggt att veta, jag menar, utifall olyckan skulle vara framme.

Dagen därpå vaknade dom två vännerna av att dom hörde Tessla gorma ute på gårdsplan, så dom gick ut för att se vad problemet bestod i.

Ute på plan rådde en viss uppståndelse, ett flertal servicebilar från Mutroff, några svarta bilar som stack ut lite, och dessutom en nyare Mercacab, stod parkerade, mercan givetvis i skuggan, resten i solskenet.

Tessla stod och dividérade med en figur som var ledigt sommarklädd i bruna khaki shorts och ett vitt linne till det, ackompanjerat av en fet guldlänk om halsen, och på fötterna ett par Docksidé seglarskor.

Man får inte glömma att detta utspelade sig när denna utstyrsel var sista skriket.

- Ser ut som en Dollarfinne konstaterade Sune, där dom satt på trappen och försökte smälta intrycken, det såg ut som en invasion, där på gårdsplan.

Det var en allmänt utbredd missuppfattning att samhället saknade dådkraft, idag bevisades motsatsen.

Dollarfinnen, som var den som verkade leda operationen, och hans personal var fullt upptagna med att bära ut delar av Tesslas el prylar från verkstan och lastade in dom i några av dom svarta bilarna, som därefter försvann i ett dammoln uppåt vägen till. (black flag operation?).

- Ja, dom lär ju inte hitta några av dom viktiga grejorna i alla fall, som Sven Zen sa, för dom låg på ett säkert ställe nämligen. Sven Zen och Sune som hade släntrat ner till Tessla hörde honom uppbragt hävda att han minsann inte hade gjort nåt.

- Inte gjort nåt sa Dollarfinnen irriterat, som senare visade sig heta Dirrén och hade sommarställe på Holmen, en distansminut rakt ut från deras brygga.

Tänk vad världen är liten ibland, rentav gripande.

- Vaddå inte gjort nåt fortsatte han, vi har vittnesuppgifter som gör att vi är ganska säkra på att vi är på rätt ställe, dessutom är du ju inte helt okänd här ute, efter att du visade upp Buggyn i TV, menar jag, hur dum får man vara?

- Dum svarade Tessla förnärmat, jag ville ju bara hjälpa till.

- Hjälpa till sa pulvret, hasplade Sune ur sig, som plötsligt fick en association till en gammal barnbok, det är ju alltid trevligt med gamla minnen.

- Ja hursomhelst, du är på sagolika skäl misstänkt för allmänfarlig skadegörelse fortsatte Dirrén sakligt.

- Sagolika skäl, är det nåt nytt undrade Sven Zen som oroligt hade spetsat öronen?

- Sa jag sagolika, jag menar sannolika skäl givetvis, så tokigt det kan bli.

- Femhundra hushåll är utan ström, och inte bara det, TV-apparater har exploderat, spisar och kylskåp kortslutits, det mesta elektriska måste ersättas av nytt mässade Dirrén vidare, och som alltid när han blev upprörd bröt han å det grövsta på norrländska, vilket ju var trevligt tyckte både Sven Zen och Sune som tittade på varann, och faktiskt mös lite.

- Du vet, satan, försäkringsbolagen lär ju inte bli glada över det här, det är ju frågan om sabotage, för helvete.

- Sabotage, sa Sven Zen glatt, det har jag en historia om.

- Du med dina historier sa Sune, låt höra, lätta upp stämningen lite.

Och det var nog ingen dålig idé, för det var lite dålig stämning, det kunde vem som helst ana.

- Vi är idél öra sa Sune uppmuntrande.

- Sabotage, började Sven Zen lite trevande, är inget annat än franska för träsko, och nu fick han upp farten lite, ni vet en sån där urholkad träbit som typ Gustav Wasa bladade runt i?

- Gustav Wasa var en kul kille avbröt Sune, han smälte ner kyrkklockorna och istället göt han kanoner av dom, då har man pondus sa Sune, mäkta imponerad av handlingskraften hos denne man, det är väl än idag en milstolpe i den Svenska historien?

- Fan vad du svamlar menade Sven Zen på, man kunde ju tro man var i svammeldalen.

- Almedalen heter det väl ändå tyckte Sune, för rätt ska vara rätt.

- Suck sa Sven Zen, var var vi nånstans nu?

- Du skulle berätta nåt, sa Sune insmickrande hjälpsamt, nåt om träskor, tror jag.

- Javisst ja, i alla fall, det här hände på en av dom första löpande bandsfabrikerna i Frankrike, en av slavarna som stod och slet vid bandet, och försökte hålla jämna steg med fanskapet, fick en dag nog, mycket beroende på att bandhelvetet verkade gå fortare och fortare, och begav sig därför bort mot maskineriet och väl där så slängde han helt sonika ner sin ena träsko i maskin, bland kugghjul och axlar, vilket naturligtvis resulterade i att bandhelvetet stannade, därav ordet sabotage avslutade Sven Zen historien.

Dirrén som, liksom dom andra hade lyssnat till historien, sa
- Men sabotage har ju en negativ klang, det här var ju en frihetskämpe, ett hjältedåd snarare, vem fan vill vara slav? fortsatte Dirrén förvånat.

- I alla fall inte dom som äger fabrikerna, nyanserade Sune belåtet och grinade upp sig på sitt säregna sätt.

Under tidén hade felsökarna börjat bli klara och Dirrén gick dit för att växla några ord med dom, varpå dom åkte vidare, kvar på gården stod nu, förutom Mercacabben bara bilar som hörde dit.

Dirrén, som nu verkade lite mera välvilligt inställd än tidigare, kom tillbaka till dom andra tre och förkunnade att han nog nu måste börja tänka på refrängen, om det skulle bli nåt i magen.

- Du kan äta här sa Sven Zen, vi har så det räcker till alla.

- Kalla öl, nån, sa Sune som kom från matkällaren, han ställde ifrån sig flaskorna på bordet och försvann ner i matkällaren för att hämta käk.

Under tidén plockade Sven Zen och Tessla fram lite grillkol, och tändvätska.

Så man fyllde kol i grillen och tände på.

Under tidén man väntade på att kolen skulle anta den rätta färgen, så skivades lite grönsaker till salladen och färskpotatisen som stod och småputtrade lite på ett fältkök, var snart klar. Öl serverades givetvis löpande till.

Efter en stund så spreds en förförande doft av grillat kött över nejden och man småpratade lite om ditt och datt.

- Är du från trakten eller, frågade Sune, som just hade lagt för sig av föreningen?

- Inte direkt sa Dirrén, från Höga kustentrakten, men har köpt ett litet ställe härute, en bit bort och gjorde en svepande rörelse utåt havet till, på Holmen, lite omodernt kanske men jag hade planer på att dra ut el till ön, jag jobbar ju med sånt, men det visade sig att det skulle bli så jävla dyrt så dom planerna fick skrinläggas sa han och skakade sorgset på huvudet, trots att jag har ett visst inflytande, fan, folk ställer inte upp längre.

- Det skålar vi för sa Tessla, att du har fel alltså.

- Överhuvudtaget arslet över huvudet draget insköt Sune mystiskt, men sån var han Sune, mystisk.

Maten som nu var klar avnjöts under tystnad, som alltid när folk är hungriga.

- Du Dirrén, sa Tessla lite hemlighetsfullt, vi kanske kan hjälpa varandra istället för att stjälpa varandra?

- Tänkte du på nåt speciellt, sa Dirrén och dräpte det han hade kvar i flaskan, rapade ljudligt och ställde med en smäll ner flaskan på bordet?

- Det kanske finns hopp ändå sa Sven Zen och betraktade deras, förhoppningsvis, nyfunna vän.

Nya bira delades ut och nu kom även spritflaskorna fram, Tessla som var i full färd med att fylla upp snapsglasen, åttor givetvis, för man ville ju att Norrlänningen skulle känna sig som hemma, med åttor är det så beskaffat att när man stänger munnen, full med sprit, så sipprar det fram en droppe i varje mungipa, ett maximalt utnyttjande av resurser.

- Jag tänkte så här, om jag kan förse dig med el ut till ön så kanske du kan glömma fadäsen med ställverket, undrade Tessla lite försiktigt och korkade upp en flaska till?

- Om du kan göra det, så ska inte jag vara den som är den inte, sa Dirrén, och hur hade du tänkt att det skulle gå till?

- Enkelt, sa Tessla och började förklara hur.

Sven Zen och Sune som hade hört teorierna många gånger förut avlägsnade sig, ursäktandes sig med att dom hade lite att ta tag i.

Dom gick ner mot udden med borrmaskin och lite annat smått och gott dom kunde tänkas behöva, nu när strömmen kommit tillbaka så var borrningen och fastsättningen av skulpturerna ute på udden snart klart.

Efter väl förrättat värv satte sig dom två kumpanerna ner för att beundra jobbet, det ingår som bekant alltid när ett jobb är färdigt, att beundra en liten stund.

- Det blev inte bra som Sven Zen sa, det är bra gjort.

- Som alltid när stadspojkarna gör nåt, det är inte för inte det kallas stockholmsarbete, fyllde Sune i.

Och däri hade han onekligen en poäng, det såg förbannat bra ut, två tvåmeters skulpturer längst ut på en vindpinad udde, i en flygande startställning, strävandes uppåt, svårt att missa för dom som passerade stället, och det var många det. På somrarna kryllade det av olika fritidsbåtar i området, och inte bara det, farleden strök förbi bara ett hundratal meter därifrån, vilket senare kommer att få oanade konsekvenser.

- Nä, är nog bäst att vi plockar ihopa verktygena och tar oss hemåt tyckte Sune som började bli lite svång.

Sven Zen som sett lite fundersam ut ett tag sa

- Nästa gång, om det blir nån, får vi inte glömma att muddra kandidaterna, måste plocka av dom lurarna, dom där går ju att spåra, det vore ju mer eller mindre en katastrof utvecklade Sven Zen vidare.

- Det finns ju onekligen potential menade Sune på, som inte hade lyssnat, och måttade visionärt upp ett tänkbart scenario.

- Beror ju på hur tätt man vill ställa dom också, men det får ju inte bli för trångt, jag skulle tippa på att en total på sex stycken

skulle vara optimalt sa han och gick runt och markerade i luften var han hade tänkt sig.

– Jo, jag sa just att vi inte får glömma att plocka av dom telefonerna, ifall det blir aktuellt med repriser, menar jag sa Sven Zen och tittade uppfordrande på Sune som ryckte upp sig ur sina framtidsvisioner och skyndade sig att hålla med sin gamle vän.

– Jo, det är väl inte helt otroligt att nån kommer undra vart fan dom har tagit vägen, men i så fall har vi ju plats för dom också, utan mobilerna på sig då.

Och nu tänkte han i förväg igen, det såg man i hans ögon.

Med detta sagt så gick dom tillbaka mot huset för att packa in allt skit dom hade släpat fram, byggarbete består ju till största delen av detta förbannade bärande fram och tillbaka.

Uppe vid huset hade Petter och dom två systrarna anlänt, dom hade gett sig iväg på en turbåt till Åland, och kommit tillbaka först nu, dom satt och fikade på verandan med några välfyllda påsar omkring sig.

– Vad är det som står på, undrade Petter när dom klev upp på verandan?

– Tessla har låst in sig i verkstaden med nån lirare, och inne i kåken ligger det glassplitter överallt och det luktar bränd plast, makalöst tyckte Petter och systrarna, som skakade på huvudet.

- Vad håller ni på med nere på udden då, inflikade Polly som hade ögonen på skaft.

- Det där, det är konst det sa Sven Zen, en idé som Sune och jag fick en glimrande natt.

- Eller snarare rökig, natt alltså instämde Sune.

- Jaså, ja, snyggt är det i alla fall, men vad föreställer det, undrade nu den andra systern, Esther, och tittade neråt udden till, en sälkropp med armar?

- Hur är det med synen egentligen undrade Sven Zen förnärmat, det är ju stålmannen, eller rättare sagt två stålmän, för dom var intill förväxling lika varandra.

- Klart vi känner igen stålis sa Petter överslätande, för han visste hur känsliga konstnärssjälar kunde vara, snyggt, ni kan känna er stolta sa han och klappade tröstande om dom två skaparna.

- Vad tror ni, ska vi låta Tessla städa upp lite efter sig, och vi åker tillbaka mot stan, nån måste ju jobba också sa Sven Zen som trots allt hade lite ansvar?

- Tycker jag höll Sune med och dom andra tre nickade instämmande på sina vackra huvuden, än hade ju inte semestern börjat på allvar.

Så dom gick och knackade på uppfinnarverkstan och sade adjö till Tessla och Dirrén som verkade fullt upptagna med nåt experiment av något slag, därefter fortsatte resan tillbaka mot Cirka.

Väl tillbaka på den lilla frizonen parkerades bilarna på baksidan, nere vid kajen, och man beslöt sig för att en Beyaz inte skulle sitta i vägen , sålunda gick dom upp till "Stängt" för att stärka sig på lämpligt sätt.

Restaurangen var tom på gäster vilket berodde på att personalen inte hade öppnat denna dag utan istället beslutat sig för att tillbringa dagen i rökbastun, som rekration betraktat var det helt överlägset, det var antagligen därför den, när den väl startades, oftast var fullsatt.

Rökbastun var en kopia av en dylik sådan som Sune under en

av sina många resor hade fattat tycke för och sedemera byggt en likadan på Cirka.

- Nånting säger mig att dom är uppe i bastun, sa Sven Zen och sniffade några gånger i luften.

- Håller med dig sa Sune, kände jag direkt när vi kom in i skeppshandeln.

Den speciella doft som åsyftades var förknippad med dom pressade briketter som den eldades med, dom bestod av några väl utvalda örter, hämtade långt bortom bergen.

Det fagra sällskapet slog sig ner och lät sig väl smaka av dryckjommen som hade ställts fram på bordet.

Efter en stund hörde man klapprandet av skor i dom bakre regionerna och en efter en dök den vederkvickta arbetsstyrkan upp, törstiga.

Pedro och Paddy slog sig ner vid deras bord, även hamnkapten som varit uppe i bastun drog fram en stol och klämde in sig i gemenskapen runt bordet.

Hamnkapten, som i fortsättningen kort och gott kommer att refereras till som enbart kapten, var en udda existens som hade erhållit förtroendet med hamnen utav den hädangångne Farbror Knut, saligt var hans minne, som hade haft det största förtroende för kapten, elaka tungor refererade ibland till kapten som tjoffarn på grund av att på en av hans gistna ekor satt en gammal uråldrig Penta som var så jävla slut att den inte gick att starta med mindre än att man med hjälp av en muttermaskin körde runt motorn och på detta sätt fick man till sist upp tillräckligt med kompression för att den skulle starta med ett långsamt,Tjoff, tjoff, tjoff, och rök gjorde den så till den milda grad att om vinden låg på från rätt håll, såg det ut som det brann, hela båten låg insvept i en blå oljefilt.

Åt detta hade man många gånger skrattat rått och undrat varför han inte satte på den splitt nya fyrtaktsmotor som för länge sedan inköpts för detta ändamål.

Sanningen var att kapten var miljövän och som sådan visste han att börja nöta på en ny motor var det verkliga miljösvineriet, för som han sa, hur mycket resurser gick inte åt

vid nytillverkningen, han menade på att han kunde köra dygnet
runt i hundra år och ändå förstöra mindre än vad tillverkningen
av en ny motor gjorde.

Och däri hade han ju en viss poäng, trots att dessa fakta helt
undanhölls den offentliga debatten så höll kapten fast vid sin
djupt rotade inställning till slöseri. "stendumt" som han brukade
uttrycka det.

Nåt som däremot inte var så dumt var att det hade dykt upp
en ytterst ovanlig fågel på Cirka, en Sibirisk stäppanka som
vanligtvis aldrig tog sig över Östersjön, visste kapten att förtälja,
men nu var den här och fågelintresserad som han var hade
han ringt upp lokaltidningen för att sprida nyheten, dom hade
varit där och fotat några dagar innan och frågat lite om ankan i
största allmänhet.

Mitt i denna trevnadsfyllda situation så hade en båt anlänt
till Cirka, eller båt förresten, det var ett fartyg som användes
för rörläggning till havs och eftersom alla befann sig uppe på
"Stängt" så hade besättningen, varav några hade varit där förut,
begett sig in i environgerna och letat sig upp till restaurangen
och stolpade in, varav några ur personalen genast mötte upp,
och några kändes ju igen så man bad dom att slå sig ner så
skulle lite skaffning och önskvärd dryck sättas fram.

Det var på detta sätt främlingar togs emot, nåja, inte alla var ju
främlingar, och inte alla gick det ju heller bra för.

Efter att besättningen hade ätit så undrade Sven Zen vad
anledningen till besöket var, och om man kunde hjälpa till med
något?

- Anledningen som kapten på rörläggningsfartyget sa var, nu
blev det ett problem här, man kan ju inte ha två kaptener så
nu får Tjoffarn heta Tjoffarn och nya kapten som kom in i
handlingen, som för övrigt hette Putte, får titulera sig kapten.

- Att, fågelintresserad som han var hade han fått uppgifter
om att hans favoritfågel hade siktats, och dessutom fotats
i Stockholm, så tyckte han att eftersom dom befann sig i
närheten, endast en trettio landmil bort, att dom kunde kosta
på sig en liten utflykt eftersom det hade blivit ett ofrivilligt

uppehåll i rörläggandet. Och dessutom hade han blivit intresserad av historierna som dom hade fått sig till livs, om livet på Cirka.

- Vad ska det gå i dom där rören då, sporde sven intresserat, men han hade hört något om en gasledning som skulle dras fram över Östersjön?

- Det ska gå gas i dom, sa kapten, främst till tyskland.

- Säger du det, sa Sven Zen, mycket intresserad av detta faktum visade det sig.

- Om ni har ätit klart så kanske jag får föreslå lite bastu, nu när vi har bekantat oss med varandra, menar jag sa Sune och flinade menande.

- Och kanske en slurk av den gröna sörjan, brukar vara en bra combo sa Sven Zen och kilade iväg för att starta upp bastun igen, som troligtvis inte hade kallnat än.

Lite senare i bastun så frågade kapten ut Tjoffarn om ankan som han verkade genuint intresserad av, på särdeles stapplig engelska, och fick svar på ett liknande sätt, dom två kaptenerna verkade ha funnit varandra på ett märkligt vis, och var djupt inbegripna i ett ovanligt givande samtal.

Förbrödringen i rökbastun hade utvecklats och stämningen var hög, svetten sprutade och skålningarna var aldrig långt borta, framför allt skålades det för den Ryska ankan som hade fört samman dom i denna stund.

Kvällen avslutades på "Stängt" med lite kvällsmat och sen visades gästerna in i en sovsal som annars stod tom och man skulle ses till frukost.

När gästerna hade gått till sängs så satte sig Sven Zen och Sune uppe i tornkontoret för att koppla av ytterligare, hur detta torde vara möjligt eller inte låter jag vara osagt.

Efter ett tag sa Sven Zen, som annars inte tillhörde den oroliga typen,

- Vad tror du om Einar och Uno då, dom lär ju sakna sina indrivare, var lugn för det?

- Ja, i bästa fall skickar dom väl ett par kandidater till svarade Sune glatt.

- Dom där två var väl i alla fall dom som betedde sig värst sa
Sven Zen, nöp servitriserna i baken, och dessutom jävligt snåla,
överlag, tålde inte Ekocigg heller, jävla avarter, vid ett tillfälle
hade nån glömt ett paket "på" på bordet och Oxhjärta och
Bitchtits som aldrig missade ett sånt läge, hade tänt på varsin
"på" och hade fått ledas ut till varubilen och lämpats av på
centralstationen, som nån sa, där passar dom in bättre.
- Einar och Uno då, kommer du ihåg när dom satt på fyllan och
skrävlade om sina bolånekupper, och vad fan var det mera, nåt
om Fiatpengar?
- Dom som alltid skulle vara i rullning menar du, borde i stället
kallas Epapengar, eftersom det inte finns nån täckning för
skiten, förr var en bank tvungen att ha täckning för pengarna,
100-procentig, dessutom, nu räcker det med 1-procent täckning.
- Låter som Ebberöds bank, tycker jag alla fall.
- Hela Världsekonomin är en gigantisk Ebberöds bank, i så fall
sa Sven Zen dystert och efter denna djuplodande analys av dom
största skojarna, så kände dom sig nu mogna för nåt starkt.
- Men fortsatte Sven Zen, och hällde upp två stadiga rackare,
om man är intresserad av ekonomi så kan man titta på
Island och Irland, för att ta två exempel där ekonomerna fick
bestämma.
Det här med pengar, ja, det är ju inget bra system för dom
som inte har några, så det var därför Farbror Knut helst hade
idkat byteshandel, för då fick alla en bit av kakan, och det
uppstår ingen skuld, ännu en gång hade han visat prov på sin
framsynthet farbror Knut, saligt var hans minne, och Cirka hade
växt sig starkt på grund av detta, viss hjälp hade man visserligen
fått av fotografier på några av statsförvaltningens enkla tjänare i
vissa svåra situationer, en del skulle nog ha hävdat att det hade
föregåtts av brottsprovokationer, men provokation ansågs vara
likställt med att pissa i motvind, att man fick skylla sig själv helt
enkelt.
Dagen efter vaknade alla tidigt, spända som dom var över
att kanske få se den ovanliga ankan kryssa runt på Cirkas
vattenvägar, och efter frukost så gick man ner till kajen,

beväpnade med kikare.

- Det där vi skissade på i bastun igår, det om att dra hit en rörledning, skulle det vara möjligt? undrade Sven Zen, som hade tänkt på fördelarna med detta projekt.

Kapten som stod i begrepp att svara på Sven Zen´s fråga blev avbruten av en ilsken signal från sin mobiltelefon, satelitvarianten.

Kapten, som hade sträckt på sig i samma ögonblick som den började ringa svarade med bävan i stämman.

- Hallå, men på sitt språk då.

Det var på denna lättsamma nivå samtalet flöt när dom gick ner mot kajen, beväpnade med kikare och ett gott humör.

- Låter som att Kapten försöker försvara sig sa Sune som hjälpligt förstod vad som sades.

- Big boss sa Kapten förklarande, han undrade vart vi hade tagit vägen, vi måste tillbaka, rören är på väg nämligen.

- Men för att besvara din fråga om en eventuell inkoppling på gasröret sa Kapten, så ska du veta att ingenting är omöjligt, bara man har nåt att byta med, eller vanliga slantar i värsta fall, det duger ju också.

- Där är han sa Sune och pekade åt höger där dom satt på kajkanten och dinglade med fötterna.

Sven Zen som förutseende nog hade plockat upp lite bröd från bageriet på vägen, delade nu ut lite brödbitar åt folket som började mata fåglarna, varpå dom straxt hade dom nedanför sig. Fåglarna var vana vid detta, för dom matades varje dag med bröd. Det hade snart resulterat i stora flockar med ankor som hängde runt Cirka och nu hade även den ovanliga sibiriska ankan hittat dit, vilket inte hörde till vanligheterna på dessa breddgrader, särskilt inte sommartid.

- Den ser ju i princip ut som en svensk, lite rödare på bröstet bara, tyckte Sven Zen som ju inte var någon större fågelkännare.

- Inte bara det, han är ju en halv gång större också insköt Sune, och betydligt aggressivare.

- Han, du säger han hela tidén, hur vet du det undrade Sven Zen?

- Slog upp det i telefon, här är en bild på honan, hon är ju som du ser lite mer alldaglig sa Sune och visade upp bilden för dom intresserade som satt och matade fåglarna med benen dinglande över kajkanten.

Ankorna jagade runt efter brödbitarna som slängdes ut i vattnet och allra mest jagade Ryssankan.

- Den där du, dom andra har ju inte en chans sa Tjoffarn missbelåtet och försökte kasta till dom minsta krakarna.

- Man göder dom stora och slaktar dom små nynnade Sune introvert.

Tjoffarn som alltid hade ena ögat öppet konstaterade på långt håll att en båt var i antågande.

- Verkar vara en gammal bogserare, ingen jag känner igen, tror jag, sa han.

- Men det gör jag sa Kapten, och bleknade märkbart, samtidigt som han ställde sig upp och ordnade till klädseln.

Bogseraren lade till och iland klev besättningen med Big boss i spetsen.

Man gick och välkomnade gästerna och Tjoffarn, som var först utbrast,

- Tjifen, long time no see.

- Vad gör du här, trodde väl aldrig att jag skulle se dig igen skrattade Big boss och kramade om Tjoffarn så han tappade andan för en kort stund.

I sin ungdom hade Tjoffarn mönstrat av ett fartyg nere i Spanien och luffat runt där tills pengarna tog slut och det inte var roligt längre.

Det hade inte varit lätt att hitta en båt till hemresan, men till sist hade han hittat en gisten skorv, mer eller mindre en flytande likkista, och med alla andra möjligheter uttömda så hade beslutet varit lätt, han mönstrade på för en hemresa.

Denna resa innebar dock inte raka spåret hem, tvärtom, det var många stopp på vägen och det innebar att besättningen lärde känna varandra väl, så väl som man gör efter många backar Vodka och trånga utrymmen månader i sträck. Big boss hade på den tiden varit maskinchef, och gick därför under namnet

Tjifen. månaderna ombord hade dom, förutom supandet ägnat åt språkstudier, så lite svenska kom Tjifen ihåg, och tvärtom.

- Du verkar ha kommit upp dig lite grann sa Tjoffarn, där dom satt sig ner för att språka lite och titta på fåglarna, och man kan ju fråga sig vad du gör här?

- Hörde om ankan och beslöt mig för att komma och titta, dessutom visste jag att min kollega var här sa han och tittade på kapten, som vände sig bort och skruvade på sig.

- Ingen fara, jag är också intresserad av fåglar sa han tröstande till kapten, dessutom har vi lite tid på oss innan vi måste ut och jobba.

- Låter bra sa Sven Zen, i så fall eldar vi igång bastun ikväll och firar lite.

Den Sibiriska ankan som verkade ha blivit eggad av att se ryska anförvanter hade en imponerande uppvisning i hur man skingrar en ankflock, och skapar revir.

Man kastade ut det återstående av brödet och beslutade sen att det var dags för mat så man gick upp mot "Stängt" för att se vad som kunde erbjudas.

På restaurangen serverades bland annat raggmunk och fläsk som visade sig vara en sedan länge saknad favorit hos många av besättningsmännen.

Skålar utbringades och gästerna lovprisade den välsmakande maten.

Och innan kaffet kom in så kilade Sven Zen iväg för att förvärma bastun, lagom tills kvällssittningen. Denna gång tänkte han pröva dom nya briketterna som hade anlänt ett par dagar tidigare. Dom lovade gott av lukten att döma.

Tillbaka på "Stängt" var stämningen hög, Sune hade bjudit på Absint till kaffet och dagen i ära hade man även kopplat in den ekologiska Cigarettautomaten, och det låg ett förväntansfullt sorl över lokalen.

- Är det svårt det där gasjobbet undrade Sven Zen oskyldigt?

- Inte direkt, om man har rätt grejor, vill säga sa Big boss och såg listig ut, tänkte du på nåt speciellt?

- Slippa elräkningen, värma upp stället med gas, vad skulle det kosta att få en rörledning dragen hit?

- Vi kanske kan hitta på något, finns det bara Dineros så är allt möjligt filosoferade Big boss och blåste ut ett jättebloss.

Dineros tänkte Sven Zen för sig själv, vill han bara ha mat, verkar ju vara för bra för att vara sant?

- Inte mat sa Sune som ibland verkade läsa Sven Zen´s tankar lika snabbt som han själv.

- Men det ordnar sig alltid med betalningen, det är jag inte orolig för sa Big boss, tror inte nån skulle märka det ens, om man inte blir för girig och snor för mycket då förstås, men bara vädrets makter står oss bi så är det nog genomförbart, så vitt jag kan bedöma. Kan ju räcka med ett lite mindre rör hit och det gör ju saker och ting lite lättare.

- Skönt att höra nåt positivt tyckte Sven Zen och kände sig genast lite lättare om hjärtat.

Åt detta förslag utbringades en ny skål och glasen fylldes på i en hast och sköljdes ner med kalla öl. Stärkta av kreativiteten i sina tankar beslöt sällskapet att förlägga resten av utvecklingsteorierna till bastun där kvällen snart övergick i natt. Dagen efter så var man uppe tidigt och tog farväl av sina gäster som nog hade mycket att göra nu och dom lovade att återkomma om ett par månader för att diskutera gasprojektet närmare.

- En firma i firman, det är bästa sättet att tjäna en hacka, tänk själv, du har allt folk som behövs, materialet, maskinerna, firman pröjsar allt och du behåller pengarna.

- Så ska ju en slipsten dras höll Sven Zen med. Svårt att se några nackdelar alls faktiskt, vid närmare eftertanke.

Denna harmoniska förmiddag stördes dock snart av ett tidigt lunchgäng, nämligen Einar och Uno med anhang.

- Är dom inte färre än vanligt undrade Sune klarsynt och tittade på Sven Zen som fnittrade till och begav sig bort mot bordet för att ta upp beställningarna.

- God förmiddag sa Sven Zen inställsamt när han kom fram till bordet, vad kan jag göra för er då?

- Vi saknar ett par affärsbekanta sa Einar och Uno

misstänksamt och undrade varför i helvete ägaren själv agerade servitris, och var han inte ovanligt len i truten?

- Sist jag såg dom var ju i sällskap med er, för nån vecka sen, tror jag sa Sven Zen hjälpsamt och såg ut som han tänkte tillbaka.

Einar och Uno och dom andre två ägnade sig nu istället åt att begrunda matsedeln, till synes nöjda med svaret.

- Ungdomar, sa Sven Zen, dom kan ju få för sig vad som helst, man minns väl själv hur det var.

- Jo, jo, höll dom runt bordet med och satte sen igång med att beställa in mat och dryckjom, först desserterna som dom snabbt kastade i sig, och därefter förrätterna som sköljdes ner med stora sejdlar av Absinten.

- Det där kan väl aldrig sluta väl tyckte Sune som för säkerhets skull hade varit iväg och hämtat en liten brun flaska med pipett som det stod Hoffmans droppar på, han visade den för Sven Zen som genast förstod varthän det lutade och sa,

- Tror kanske det är bäst att jag går och förbereder inplastaren sa Sven Zen som känt igen den bruna flaskan, som förövrigt hade inköpts på Apoteksbolaget någon gång på trettiotalet och därefter mest stått, i väntan på användning. Och med förväntningarna kittlandes i maggropen gick han ner till förpackningsrummet och kontrollerade att det fanns plast i maskinen och att kontakten satt i, det såg bra ut och på vägen tillbaka såg han till att låsa dörren in till nedslagsplatsen, för man ville ju inte att personalen skulle riskera att få nåt i huvudet, dels var dom ju oskyldiga och dels var det väldigt svårt att få tag på lojal och pålitlig personal, det var därför man helst tog in folk från båtarna, på rekommendation, givetvis.

Under tidén uppe på "Stängt" så var stämningen uppsluppen, Einar och Uno och dom numera decimerade anhängarna hade fyllnat till betänkligt och satt nu med västarna utanpå kavajerna och skroderade vitt och brett om framtida planer.

Sven Zen och Sune tog sig varsitt glas apelsinjuice och betraktade gänget som nu hade förflyttat sig bort till jukeboxen och cigarett automaten, dom satte på eget bevåg i kontakten och körde fram ett paket ekocigg, valde ut en fin bit från jukeboxen, och satte igång att dansa.

– Det där tolkar jag som en krigsförklaring sa Sune upprymt och begav sig bort mot gänget med fyra nya öl, spetsade med Hoffmans droppar givetvis, och frambringade en skål för en fortsatt trevlig samvaro.

– Det där kommer nog att schvunga på bra det sa Sune när han kom tillbaka.

– Kanske bäst vi ser till att få upp dom på kontoret, innan dom säckar ihop totalt föreslog Sven Zen.

– Nog ingen dum idé höll Sune med, men dom verkar tåla det mesta, det dom fått i sig är nog för att sänka en häst.

Einar och Uno och deras anhang vinglade tillbaka mot bordet, inte dansandes längre utan mera hållandes sig i borden.

– Ta med er prylarna så bjuder vi på finfika uppe på kontoret sa Sven Zen, ni ser ut ett behöva det.

– Finfika, det låter som en bra idé sluddrade Einar, lite kaffe på det här fixar nog biffen.

– Men lita på det, lita på det, färskpressat ska det vara, garanterat höll Sune med och föste dom i riktning upp mot kontoret. Som tur var fanns det inga andra gäster i restaurangen, dom hade EU:s gäng skrämt bort för länge sen.

– Gå du före och hämta lite Borax nere i svetsverkstan och sen hämtar du lite bakpulver inne i bageriet, mixa ihop det i en stor hög och lägg det på besöksbordet, så dom slår sig ner på rätt ställe direkt sa Sune åt Sven Zen som kilade i förväg.

– Och du, glöm inte kaffet påminde Sune som stod och låste ytterdörren medans Einar och Uno hade förirrat sig in i köket under tidén, övervakade av en kökspersonal med bister uppsyn.

– Den här vägen, grabbar sa Sune och motade på nytt iväg gänget i riktning mot kontoret.

Finstämt

Sam hellet satt inne på sitt tjänsterum, han hade ont i skallen, han fick alltid det av att prata med Gaspedahl, eller prata förresten, det var ju framför allt lyssna man gjorde, pratandet inskränkte sig ju mest, från hans håll till ett, ja, chefen, och ska ta itu med det omedelbart och han avslutade med "självklart ses vi på landet, chefen".

Han hade fått order om att diskret undersöka pejlingar på två telefonnummer, det gällde rikets säkerhet, mer kunde han inte säga då han i så fall skulle bli tvungen att tvungen att döda honom, det hade avstyrt närmare efterforskningar från Sam´s sida, och gett honom en elak huvudvärk i stället.

Gaspedahl hade antytt att det var två undercover agenter som slutat existera och situationen var prekär, minst sagt. Operationen var inne i ett känsligt skede och fällan skulle snart slå igen, så mycket förstod han mellan raderna.

Så nu hängde allt i luften, och med denna stress i ryggmärgen och ett glödgat spett inkört i skallen, bakifrån, mot vänsterögat, ringde Sam ett par samtal, och under tidén han väntade på svar så fick han äntligen av locket på burksatan och tog en näve av dom blå pralinerna, en liten näve kanske bör tilläggas, han sköljde ner dom med ett rejält glas brännvin, som han förvarade dunkvis av i den nedersta, största lådan.

Sådär, tänkte Sam belåtet en stund senare när smärtan började avta, Sam hällde upp ett glas till ur dunken innan han ställde ner den i lådan igen. Jävligt bra med stora lådor tänkte Sam, underlättar för förvaltningens undersåtar att sköta sitt värv på ett föredömligt sätt tänkte Sam när han avbröts av att telefonen gav ljud ifrån sig.

- Fan vad snabb du var sa Sam lite förvånat, han trodde att det var Bryggd eller Snyggh, dom tappra agenterna.

- Snabb sa Sams fru, Gunsan förvånat, vad fan menar du med det, är du redan full, och nu lät hon missbelåten, sup nu inte hela dagen, för vi ska åka till landet senare och med det slängde hon på luren i örat på Sam, innan han hann säga något till sitt försvar. Jävla käring hann Sam tänka innan det ringde igen. Den här gången svarade han lite försiktigare, man vet ju aldrig,

- Hallå sa Sam, samtidigt som han försökte få bort den bittra eftersmaken av pralinerna, med hjälp av en halv ask Tulo. Och den här gången var det samtalet som han väntat på.

- Tjenare, ére Sam undrade Bryggd lite trevande, för han lät inte riktigt som vanligt. Och det stämde för Sam kände sig lite pressad.

- Vem annars harklade sig Sam och lyckades klara strupen. Hur gick det?

- Jodå, vi har lite uppgifter här, jag kan titta över med dom direkt, om det passar?

- Bra, jag väntar här sa Sam, glad över att han kanske skulle få något gjort idag, och det redan före lunch, då skulle han kunna lugna upp Gaspedahl lite innan propparna började gå, tålamod var fövisso inte Sam´s chefs bästa gren, så allt som allt kanske det började gå åt rätt håll tänkte Sam optimistiskt samtidigt som han stärkte sig med bilden av sin framtida pensionering, den kröp som tur var allt närmare. Han klarade inte av stressen så bra längre, och Gaspedahl´s allt mera krävande uppgifter gjorde att han allt som oftast bara ville spy på hela skiten, slippa helt enkelt, fan, man skulle ha gjort något annat istället, han skulle nog passa bäst med nåt konstnärligt, det hade han nog alltid haft i bakhuvudet, att måla tänkte han drömskt, det vore nåt det, hans grubblerier avbröts av att det knackade på dörren. Och in klev Bong och Habbel med telefonlistorna i högsta hugg.

- Läget chefen, sa Bong och tittade på chefen, som såg lite sliten ut, och luktade det inte sprit och halstabletter?

- Bara fint, bara fint, vad har ni fått fram då, grabbar?

- Dom verkar ha rört sig från Stockholms city ut mot Stora skuggan och sen vidare till Rådmansö, Norrtälje sa Bong. Habbel nickade instämmande och sa

- Vi har ju Helikoptern, ska vi åka ut och signalspana lite, det är ju ändå helg?

- Du tar orden ur min mun, det är exakt vad vi ska göra, signalspana, det är vackert det sa Sam belåtet, och inte nog med det, om vi hämtar Gunsan så kan ni ju släppa av oss på landet, det blir perfedo. Och på detta sätt skulle ju den vanliga fyllkörningen ut till landet kunna undvikas. den här lösningen skulle väl ändå täppa till truten på käringen.

Ute på Rådmansö hade Tessla och Dirrén suttit i uppfinnarverkstan och byggt två torn, mottagaren hade man rott ut till Dirréns gistna stuga och sändaren stod kvar inne i verkstan.

- Förträffligt system det här, Tesla world system, man skickar krämen trådlöst, utan förluster, går utan problem runt hela klotet sa Tessla och knäppte igång apparaten, och straxt så började det lysa ute i den gistna stugan på ön.

- Vad sa du nu då, din gamla skojare undrade Tessla belåtet och tittade på Dirrén som stod med öppen mun, och ögonen stod ut som råttpittar i ansiktet hans. Trådlöst, muttrade energi direktören och skakade på skallen.

Man rodde återigen ut till ön, gick runt i huset och Dirrén planerade nu att byta ut det gamla gasolkylskåpet mot en modern spis med riktig ugn och kanske ett element i varje rum, för att inte tala om lampor, och nu skulle man ju slippa att släpa på gasoltuber, för att inte tala om dessa enorma mängder med värmeljus som normalt gick åt, var nu ett minne blott.

- Nu kan du ju installera en riktig toalett, en elektrisk, och dessutom en tvättmaskin och torktumlare utvecklade Tessla vidare, och inga driftskostnader, det är ju det som är det fina i kråksången förkunnade Tessla pedagogiskt. Dirrén studsade energiskt omkring och såg mäkta belåten ut. Han tog fram sin telefon, ringde ett samtal, pratade några minuter med någon, avslutade samtalet, vände sig mot Tessla och sa

- Jag har just lagt ner utredningen om ställverket, och det ser till och med ut som att du får tillbaka din utrustning sa Dirrén och klappade om Tessla, som ansåg att det här nog var en anledning så god som någon att ställa till med fest, så dom drog sig tillbaka till fastlandet. Väl tillbaka där så slog dom sig ner i bersån, knäppte upp varsin Beyaz och lutade sig tillbaka.

- Vilken jäkla utsikt sa Dirrén och tittade ut över viken, och Skulpturerna sen. Längst ut på udden, nära vattnet stod dom, två stycken, blickande ut mot havet.

- Jävligt snygga sa Dirrén avundsjukt, skulle mycket väl kunna tänka mig en ute på ön, faktiskt.

- Kan ju höra mig för sa Tessla, tror att dom bara säljs i par, men jag tänkte ju ändå ringa dom, så jag gör det direkt, och han slog Sven Zens nummer, sippandes på sin kalla bira.

Sven Zen gick in på kontoret och ställde fram ett litet glasbord mellan besöksfåtöljerna, på falluckan, och på bordet hällde han upp en ansenlig hög med Borax som han spetsade med florsocker, så det smakar som dom är vana vid tänkte Sven Zen och började fnissa för sig själv, nu var allt förberett och klart för EU:s anhang.

Sven Zens telefon började hosta, han hade det som ringsignal nämligen.

- Sven sa Sven Zen.

- Bara jag sa Tessla, vi har lite fest här Dirrén och jag, tänkte svinga några bägare, och så har jag beställning på skulpturer, om andan faller på sa han menande.

- Inte omöjligt höll Sven Zen med, men vi behöver nog några dagar på oss, vi har jävligt mycket nu, att stå i. I samma stund så öppnades kontorsdörren och in kom Einar och Uno samt två av deras påläggskalvar Bryggd och Snyggh.

- Vi hörs framåt helgen då sa Sven Zen och lade på luren.

- Slå er ner här, grabbar, sa Sune åt gästerna som redan var på väg ner i stolarna, lystet stirrandes på den stora högen med vitt pulver som tronade mitt på bordet.

- Mina herrar, av skäl som jag inte behöver gå in på närmare, så vill jag att ni lägger era mobiltelefoner på den här brickan sa Sune och höll fram en litet tennfat i form av en sill, dom kommer förvaras i ett angränsande rum, tills vidare, ni får tillbaka dom när ni går. Och han började med Sven Zen´s och sin egen. Muttrande lade sällskapet sina mobiler på brickan som Sven Zen gick ut med. Med kreditkorten i högsta hugg hade gästerna ivrigt börjat hacka upp tjocka strängar av kemikalierna på bordet. Sven Zen och Sune som hade slagit sig ner vid skrivbordet såg förväntansfullt på varandra när grabbarna provdrog några centimeter var.

- Fy fan, snörvlade Einar och Uno och dom andra två, Bryggd

och Snyggh, flämtade efter luft och gned sina näsor, dom betydligt erfarnare Einar och Uno sneglade föraktfullt på sina underhuggare.

- Ska ni inte ha nåt, undrade Einar till Sven Zen och Sune som snart förväntade sig att åtminstone få se lite näsblod.

- Nej tack, vi kör svarade Sven Zen.

- Kör? sa Uno förvånat.

- Ja, till skillnad från er, för ni har åkt färdigt sa Sune och klappade till på nödstoppet och falluckan öppnade sig och dom sista resterna av det en gång så starka gänget föll handlöst skrikande ner mot en säker död.

Ka-thump, lät det om vaccumförpackaren när den slog in dom senaste kandidaterna, och ett våldsamt, skrynkligt sugande ljud hördes en liten stund innan tystnaden åter lägrade sig och en sorts frid infann sig i rummet.

Sven Zen och Sune kröp fram till hålet i golvet och kikade ner. Där nere kunde man se ett prydligt paket innehållande fyra före detta aktiva gängmedlemmar. Kökspersonalen som hade sprungit upp på kontoret när dom hörde avgrundsvrålen, stod nu också runt hålet, på knä och kikade ner.

- Skönt att bli av med dom sa Petter lakoniskt, och förpackningsmaskinen har kommit till användning igen ser jag, kanon, kan vi hjälpa till med nåt?

- Det kan ni säkert, men inte nu, dom måste svalna lite, blir mera lättjobbat då. Vi stänger till luckan igen, så ingen skadar sig, och sen går vi till baren för snart är det fotboll på storbilds-TV:n, Sverige–England sa Sven Zen och gick ner och stängde luckan innan han förenade sig med dom andra uppe i baren.

I baren var stämningen uppsluppen, det hade korkats upp en hel del dryckjom och så snart Sven Zen var tillbaka serverades det genast ett glas av den ädlaste dryck för att fira lite, och en ekologisk cigarett från den egna maskinen fulländade tavlan, påminde inte så lite om den sista måltiden, men det var det ingen som tänkte på.

- Kul att det är så många från olika delar av världen som hamnat här sa Sune och tittade sig omkring i den kolorerade samlingen

människor som hade slagit sig ner för att se på matchen.
- Men vi har inga röda förstås, det saknar vi verkligen sa Sven Zen nyktert.
- Aron och Nora är ju visserligen indianer, men man kan ju knappast säga att dom är röda sa Sune, i samma stund gjorde Zlatan, och Sverige sitt första mål och jubel utbröt i lokalen, konstigt nog så höll alla på Sverige, eller konstigt, det kanske det inte var, när man tänker efter. Nu skålades det vitt och brett, och snart var det dags igen, tvåan kom och med samma leverantör, Zlatan. Glädjen visste inga gränser och glasen fylldes på igen.
- Hon är från Colombia, pratar med henne ibland sa Sune.
- Vem? undrade Sven Zen som kollade burken.
I samma stund klämde Zlatan in sitt tredje mål och alla i lokalen gratulerade sig till att ha en sån lysande spelare i laget, och var det inte fantastiskt? att samme spelare gjort inte bara ett mål utan tre, mot England av alla, Och det var inte nog med detta, snart så sattes drinkarna i vrångstrupen igen när, gissa vem, satte en cykelspark från nästan halva plan, målvakten som var lite för långt ut var chanslös. Och nu lättade nästan taket från inrättningen, folk hängde runt varandras halsar och grät av glädje samt dunkade bordsgrannarna i ryggen. Som tur var hade man spelat in matchen och nu satt man och spolade fram och tillbaka och njöt.
- Helt jävla otroligt sa Sven Zen, vilken gudabenådad fotbollsspelare, och svensk dessutom.
- Fick just en idé sa Sune lyriskt, en Zlatanserie med skulpturer, vi har ju fyra objekt i källaren, en skulptur för varje mål.
- En Zlatanisering alltså sa Sven Zen och ögonen spärrades upp. Vicken bra idé, var får du allt ifrån?
- Äh, från internet, information is free, you know.
- Än så länge ja, men får bakåtsträvarna bestämma, då är det nog slut med det snart.
- Men vi har tagit bort några av dom i alla fall småskrattade Sune och tog några kraftiga bloss på en "på", vilket resulterade i en hyfsad hostattack. när Sune var färdig föreslog han att dom

skulle gå ner och ta sig en titt på den senaste fångsten. Med personalen i släptåg gick dom två kumpanerna ner i källaren. I förpackningsrummet låg nu dom fyra liken, Einar och Uno samt Bryggd och Snyggh prydligt inslagna, med gapande munnar och skräcken lysande i ögonen.

- Knappast idéaliskt det här, men om vi hjälps åt ska det väl bli nån jävla råd sa Sven Zen och började klippa upp det stora paketet och dra ut dom en och en.

- Fan, dom har inte stelnat ännu sa Sune och tog upp Einars hand och släppte den, den föll med en slapp duns ner i golvet igen.

- Vi får väl ta en omgång i bastun så länge då, avvakta några timmar, och göra ett nytt försök resonerade Sven Zen, är nog för varmt här nere, egentligen, tar lång tid för dom att stelna då. Och med detta sagt så spatserade allihop iväg mot bastun, på vägen så gick Sven Zen förbi brikettförrådet och tog med sig det som han bedömde skulle behövas för en uppiggande bastu.

- Nu är den igång igen sa Sven Zen uppmuntrande till personalen som hade bänkat sig för en längre sittning. Det var förövrigt i rökbastun som alla viktiga beslut fattades på Cirka. Nu satt man där, belåtna, och hoppades att rigor mortis skulle anlända och underlätta arbetet. Personalen som ju var mycket fotbollsintresserade diskuterade matchen. Paddy som hade ett förflutet i irländska ligan menade på att det där fjärde målet nog var ett av dom snyggaste i fotbollshistorien, åtminstone hittills. Det hummades lite och glasen höjdes igen och stämningen förtätades ytterligare när bastun klarade strupen ordentligt och yrslan infann sig. Efter vad som tycktes vara en kort stund, men som i själva verket rörde sig om åtskilliga timmar, så utkristalliserade sig en plan, det visade sig att alla ville vara med och hjälpa till och det är ju det bästa, att inkludera alla. Sålunda begav sig allihop ner i källaren för att förrätta sitt värv. Väl där så började man bryta och bända i liken, det är betydligt jobbigare än man kan föreställa sig, ett lik kan i döden kämpa emot mera än i livet.

- Den här jävla tomten, som var Einar, får bli cykelsparken

han var ju ändå chef tyckte Sune som var van vid rättvisa bedömningar. Så efter mycken möda och stort besvär hade man lyckats bända till en schysst imitation, som dom säkrade upp med ståltråd.

- Men vad har vi här då sa Sune som under arbetets gång hade upptäckt ett nytt märke på Einars väst?

- Här, under Global Ekonomisk Terror, står det W.D., vet du vad det betyder undrade Sune malligt, som den gör som har alla svaren?

- Inte den blekaste, var Sven Zen tvungen att erkänna, om han nån gång hade tittat på Family guy, så hade han vetat svaret.

- World domination, står här med små bokstäver, aldrig sett förut fortsatte Sune.

- Är väl inget man vill gå ut stort med förstås, om man nu har för avsikt att göra det, konstaterade Sven Zen torrt.

Tjoffarn och Paddy höll också på med att arrangera liken i lämpliga ställningar, dom båda verkade ha en naturlig fallenhet för jobbet, och en bra stund in på nattkröken så började allt bli klart, man hade hjälpt naturen på traven tyckte man när dom betraktade dom numera styckplastade busarna som dom hade baxat åt sidan för att kunna städa upp det värsta.

- Påminner lite grann om Stockholms blodbad sa Sven Zen som tittade sig omkring på golvet, där blodet från kandidaterna hade runnit ut över hela golvet.

- Vi får väl strössla lite med spån, det suger väl upp det värsta höll Sune med, men nu har vi stått i den här brödbaksdoften länge nog, håller på att smälla av, hungrig satan, vi går upp och äter lite.

- Låter som en bra idé, det kurrar lite i magen som Tjoffarn sa, Paddy och jag va ute och drog upp lite Gös förut idag, det kan nog passa bra till lunch. Så dom enades om att gå upp till "Stängt" för att inmundiga sig lite mat.

I matsalen var allt klart för ätning, köket hade alltid en viss bemanning, med tanke på dom torparkaniner som strök runt på Stockholms gator, och ibland även förirrade sig in på Cirka, dessvärre.

Personalen som nu hade ätit klart satt nu mätta och belåtna, betraktade sakta dom tovlingar som frekventerade den nu så välkända restaurangen. Efter lunchen så återvände det numera förstärkta arbetslaget ner i källarregionerna för att förvandla fyra hösäckar till vackra skulpturer, den sedemera så omtalade Zlatanserien.

Paddy visade sig vara en stor tillgång då han, bland mycket annat hade varit murare, och han var en mästare med mursleven, så när man hade klätt kandidaterna med armering och hönsnät så slabbade Paddy in dom med puts, och snart stod dom där, på sin nya socklar och brann så fint.

- Det svåra är ju att få rätt konsistens på pjucket förklarade Paddy, kan vara svårt att få det att vilja sitta kvar, men som nu, när det är perfekt, är det bara att sleva på sa han och fyllde upp det sista på sin gubbe, och gick vidare till det värsta på dom andras gubbar, han jämnade till skavankerna och bättrade på finishen där det behövdes, skillnaden före och efter var gripande.

När jobbet så småningom var klart, ställde man sig som vanligt och beundrade jobbet.

- Förbannat snyggt sa Tjoffarn hänfört och superlativerna haglade en bra stund. Sune som gick runt och fotograferade menade att det här var ju så jävla bra att han skulle lägga ut bilderna på Internet, till allmän beskådan.

- Var försiktig med interiörbilderna bara, retuschera bort allt som kan spåras hit sa Sven Zen och gäspade stort, dags att gå och sova en stund, eller vad tycker ni?

Jo, det tyckte man lät som en bra idé, och därefter så drog man sig tillbaka, var och en till sitt, som det så vackert heter.

Dagen därpå så samlades Sven Zen och Sune samt Tjoffarn och Paddy till frukost, och på bordet stod även sillbrickan med telefonerna på, som hade tillhört de fyras gäng.

- Tänkte vi skulle sprida ut dom här lite grand sa Sven Zen, nån som har några bra förslag?

- Varför inte sprida ut dom på stan, man skulle ju kunna ta sig till T-centralen, välja ut några lämpliga destinationer, Norrland,

Köpenhamn, Hamburg, listan kan göras lång, och sen har vi ju tunnelbanan och pendeltåg, bussar, utvecklade Sune vidare.

- Det där får du avgöra själv tyckte Sven Zen storsint, bara det blir bra.

Sålunda begav sig Sune upp till Petter i köket och Sven Zen, tillsammans med Tjoffarn och Paddy beslöt sig för att gå ner i källaren och kika på hur gjutningarna fortskridit.

Nere i stod dom, uppriggade och färdigbrunna, den nya Zlatanserien, magnifika att skåda, särskilt cykelsparken var spektakulär.

- Dom här blev ju faktiskt snäppet bättre sa Sven Zen och kände över ytan på skulpturerna, mer eller mindre helt släta, faktiskt. Paddy sträckte lite på sig och tyckte att med så bra folk omkring sig var det ju en smal sak.

- Helt makalöst höll Tjoffarn med, och för att hedra tilldragelsen så hade han händelsevis fyra Kubanska cigarrer som han bjöd laget runt på. En stund stod dom så och rökte sina cigarrer och diskuterade hur man nu skulle fortsätta.

- På den redan inslagna vägen, kan nog i det här fallet sägas vara det bästa puffade Sune på, som hade delegerat uppgiften med telefonerna.

- Ja, varför ändra på ett vinnande recept höll Sven Zen med, och nu var dom rörande överens.

- Då får vi ta två bilar ut, hoppas dom går in bara, men det gör dom nog sa Sven Zen och backade fram den största av varubilarna så dom kunde på börja lastningen. Lastarlaget satte nu med största försiktighet igång med det delikata jobbet att få in skulpturerna hela i skåpbilarna, och efter den första var klar undrade Sune om inte Sven Zen hade hört nåt av Tessla nyligen?

- Pratade med han förut, han hade slut på briketter till bastun, om vi kunde ta med det och lite av den gröna smörjan också, dom kom visst väldigt bra överens Dirrén och han, satt visst nere i bersån och gonade upplyste Sven Zen Sune.

- Tessla är en kul kille, hur har det gått med hans utrustning, förresten sa Sune.

- Han hade fått tillbaka alltihop, kvartsocilatorn och messner driften till den, så han var jävligt nöjd, nu hade dom visst gjort sig förtjänta av ett glas, tydligen sa Sven Zen och stängde igen bakdörrarna, efter att han försäkrat sig om att lasten var ordentligt surrad. Nästa bil backades fram och dom två återstående skulpturerna lastades omsorgsfullt in i skåpet och sen så var allt klart för en ny tripp ut till Lårbensviken.

- Vi kanske behöver en större borrmaskin, den andra var kanske i minsta laget, den hade under borrningens gång blivit så het att den knappast gick att hålla i. Sune stolpade runt inne på lagret och lyckades rota fram en dubbelt så stor borrmaskin, en Hilti dessutom.

- Vi får inte glömma Briketter och Absint kom Sven Zen plötsligt på och gick en lov för att hämta detta.

- Ta inte flaskan från stämman, den är ju så sorgligt utblandad insköt Sune, det står ett par Spanska uppe på tornkontoret, riktiga grejor, hämta dom istället.

- Lita på det svarade Sven Zen och bladade iväg bort mot kontoret. Han återkom en stund senare med produkterna, samt med Aron och Nora i släptåg.

- Dom ville hänga med, jag tyckte det kunde bli bra Sven Zen glatt.

- Packade ni tandborstarna, kära vänner för i så fall är nog allt med som behövs för den här turen. Och jo, allt var med så färden kunde på börjas.

I strålande solsken och medvind åkte man ut mot landet, åkturen fortlöpte problemfritt och nån timme, drygt, senare så bromsade man in framför Tusculum, som dom kallade landet, namnet hade stället fått av Farbror Knut som påstod att det kom från Romarna och betydde lantlig frid. Med den lantliga friden var det väl si och så, Tessla och Dirrén hade startat några timmar tidigare och var nu bra i gasen, dessutom var dom inte ensamma, det hade tillkommit några av grannskapets damer, Gunsan och Majsan som bodde alldeles runt hörnet, nåja, femton minuters rask promenad var det som krävdes, en av käringarnas hundar hade rymt in på deras tomt och ställt sig för att gapskälla på skulpturerna nere på udden, så Tessla hade inviterat dom för en bit mat och ett glas, hundjäveln band man i skuggan av ett träd och slängde åt han ett ben att gnaga på, då höll han klaffen. Själva så hade dom lagt några biffar på grillen, dom spred nu en förförande doft över nejden, det hälldes upp fermenterade drycker i glasen och snart satt dom och njöt av mat och dryck och eftersom stämningen var så hög tog Sven Zen fram Absinten, för att om möjligt boostra effekten ytterligare, det ska ju alltid överdrivas.

– Vad är det här för nåt undrade Gunsan lite försiktigt och betraktade innehållet i glaset med den gröna sörjan?

– Det där, det är riktigt konstnärsdricka det, sa Sven Zen och tog en munfull av Absinten, skål, förresten. Skål hördes det från olika håll runt bordet och glasen sattes ner med en smäll.

– Vilka fina statyer sa granntanten, och grimaserade samtidigt som hon försökte zooma in lite.

– Om man ska vara petig så är det nog skulpturer snarare sa Sven Zen och försökte också zooma in lite, vilket inte var helt lätt.

– Det är socklar sa Sune, som skiljer alltså, annars är det väl rätt lika, det där.

Och i denna anda av samstämmighet fortlöpte aftonen och sedemera både kvällen och natten, den ljusa svenska sommarnatten. Frampå morgontimmarna så eskorterade man hem dom två damerna, som vinglade högst betänkligt, hunden sneglade hela tidén misstänksamt ner mot udden och morrade lite ibland när dom gick.

– Vad är det med hunden, tål han inte havsluften frågade Sune oskyldigt?

– Vete fan, brukar inte morra så mycket, däremot skälla, det gör han sluddrade Majsan, där hon stapplade fram på sina träskor. Är väl inte dom bästa skodonen i den situationen.

– Göran, undrade Sven Zen, som sällan missade ett sånt tillfälle?

– Hon menar hunden sa Gunsan, som inte uppfattat det roliga i situationen, skäller mycket, det är nåt han har tagit efter husse, som vi förövrigt ska åka in och hämta i morgon, så vi kommer ut igen, tillsammans med min gubbe, Sam.

- Sam, frågade Sven Zen, han är väl möjligtvis inte från Täby?

- Jo, sa hon, från kyrkbyn, tror jag.

- Spännande, sa Sven Zen, och tittade på Sune som omärkligt skakade på huvudet. När dom nu var framkomna till deras hus så sa man god natt och påbörjade hemgången.

- Det kan väl inte vara möjligt sa Sven Zen till Sune, när dom avlägsnat sig en bit från huset.

- Säg inte det, osannolikhetsdriften är nåt man bör ta på allvar sa Sune vobbligt, när dom tog en så kallad genväg genom slyn, för att spara fem minuters promenad. Väl tillbaka så stupade dom i säng, för att om möjligt kapa åt sig några timmars sömn. När Sven Zen och Sune stretade sig upp vid niotidén så berodde det på att kaffelukten lockat dom ur sängen, inte för att dom var färdigsövda, så med kuddarna kvar i ansiktet bänkade dom sig med dom övriga i sällskapet för att planera dagen. Dirrén sa att han gärna ville ha ett par konstverk ute hos sig, på ön, om det gick för sig? Han kunde tänka sig att betala bra, dessutom.

- Nja, vill väl helst inte dela på dom här, dom hör ihop, förstår du, det är en hyllning till Zlatan och hans fyra mål mot England, en skulptur för varje mål förklarade Sven Zen pedagogiskt, men det är inte omöjligt att det kan bli nån mer i framtidén, och i så fall är du först på tur sa han tröstande.

- Men kan han inte få ta dom som vi har ställt upp redan, är ju snart gjort att kapa av fästena, det är ju bara ett par gängstänger sa Sune som tyckte Dirrén såg lite moloken ut.

- Ja, varför inte egentligen, äh, vi säger så, vi tar ut dom till dig, men då får du hjälpa till lite, blir ju massa jobb, men sånt är ju livet, en jävla massa jobb för i stort sett ingenting sa Sven Zen stoiskt.

- Ta det lugnt, det var inte så jag menade, klart jag hjälper till, bara kul, dessutom vill jag helst betala för dom sa Dirrén förnärmat.

- Betala kan du glömma, så jobbar inte vi, du får låna dom så länge, vi kanske kommer att behöva dom, man vet aldrig vad som händer i framtidén siade Sven Zen. Efter fikat var dom så beredda att sätta igång med arbetet. Så då gjorde man det, drog med sig fyrhjulsvagnen ner till udden, kapmaskin och strömkabel pluggades in och demonteringen inleddes. Den första lades på vagnen och man körde ner till bryggan med den, för att lasta ner den på båten, därefter gick dom tillbaka och gjorde likadant med den andra. Och nu var dom klara för avfärd ut mot holmen. Eftersom det var begränsat med plats så beslöts det att Sune och Dirrén skulle ta sig över och lasta av godset och sen återvända för att plocka upp Sven Zen och Tessla, tillsammans med verktygena för att därefter åka tillbaks till holmen, det var tanken. Sune hade gjort loss och båten började långsamt driva ut medans Sune drog i den gamla tvåtaktarn, en Archimedes penta som man lindade upp startsnöret på manuellt. Och han drog, och drog, och drog, under tidén hade båten hunnit en bra bit på väg, dock inte åt rätt håll, så Sven Zen skrek från land,

- Choka, du måste choka!
- Ja men, vad fan tror du jag gör, hojtade Sune vresigt tillbaka. Han hade ju haft full choke på motorsatan hela tidén, och nu kände han svetten rinna, T-tröjan satt klistrad som ett frimärke på ryggen.

Vrrr, vrrr, vrrr, lät det om motorn och Sune tittade oroligt efter Finlandsbåtar, för snart var man i farleden.

- Skjut in choken, hördes det från land, skjut in choken skrek Sven Zen ännu en gång från land. Sune slog irriterat in chokjäveln och drog igen, och då, som av en händelse, knattrade den lilla skapelsen äntligen igång med ett spottande och fräsande.

- Vad var det jag sa, skrek Sven Zen triumferande från land, vänd mot Tessla förklarade han. - Den är jävligt känslig på choken den där, det har den alltid varit.
- Jo, jo instämde Tessla, förbränningsmotorer är ju bara skit, och särskilt tvåtaktare. Nu stod dom och betraktade hur den rykande båten närmade sig holmen.

- Kör han på spillolja eller vadå undrade Tessla?
- Inte direkt, men det är nog förra årets bensin i den där upplyste Sven Zen, och såg när båten försiktigt kördes upp på land.
- Kör upp den till höger om bryggan, dirigerade Dirrén Sune när dom närmade sig bryggan, motorn självdog när den såg stranden så sune fällde upp den ur vattnet, och fick ta några årtag innan dom strandade, smidigt förstås. Dom lyckades få iland skulpturerna oskadda och släpade iväg dom en bit bort, satte sig ner i skuggan och Sune bjöd på,
- En ekologisk cigarett, kanske?
- Ekologisk, jo, man tackar sa Dirrén, nytt märke, känner inte igen paketet?
- Nytt och nytt, det vet jag inte, men dom här importerar vi själva, rena medicinen, tydligen sa Sune och repade eld på en strilla, för han var lite omodern i vissa avseenden, han tände åt, först Dirrén och sen sig själv.
- Smakar ju inte så illa sa Dirrén uppskattande, och ekologiska dessutom, det är ju lysande, man måste ju tänka lite på miljön också.
- Hmm, höll Sune med, det måste man ju verkligen.
- Nä, vad säger du, ska vi börja tänka på återtåget sa Dirrén efter en stund, innan man slocknar, tror jag blev lite trött gäspade han och sträckte på sig så det knakade.
- Är nog ingen dum idé, instämde Sune, om man ska få nåt gjort är det lika bra att börja, det ska böjas i tid det som runt ska bli. Sune hoppade i båten i bak och Dirrén sköt ut och hoppade sen efter själv och när dom kommit ut en bit från land så fällde Sune ner motorn i vattnet och sa,
- Nu får vi nog hålla tummarna om den här ska starta, han lindade och drog, en, två, tre, fyra gånger, inget liv. På fastlandet stod Sven Zen och Tessla, och Sven Zen menade på att den startar aldrig utan choke.
- Ska dom behöva choka, fast den nyss är körd, och dessutom är det närmare trettio grader i skuggan, Tessla tyckte detta var anmärkningsvärt.

- Choka, skrek Sven Zen så högt han kunde ut mot holmen, med händerna formade till en tratt.
- Vad skriker han om nu då undrade Sune lomhört.
- Tror han tycker att du ska Choka sa den något mindre lomhörde Dirrén upplysande till den alltmer stressade Sune som muttrande drar ut choken till hälften och drar några gånger till, inget liv i motorsatan, desperat drar Sune ut choken fullt, och snärtar till, och se, då går den igång på fullvarv och dom kan börja styra mot fastlandet igen.
- Jag är så jävla trött på det här gamla skrället sa Sune när dom närmade sig land, och gav så det gamla skrället en lavett på sidan, med resultatet att den stannade direkt. Så istället för att börja dra i maskin igen så fick Dirrén axla årorna den sista biten in mot bryggan.
- Hur är det med sjömanskapet, egentligen, frågade Sven Zen skrattande när dom landsteg igen.
- Båtmotorshelvete hördes Sune muttra när han satte sig i skuggan, tändandes en "på".
- Nån som är törstig undrade Tessla som kom bärandes på en back kalla öl som han ställde ner i skuggan av en En. Dom korkade upp varsina bira och tog igen sig en stund i den smäktande värmen.
- Vart har dom andra tagit vägen då frågade Dirrén vilset, och såg sig omkring, troligtvis försökte han få in ett kjoltyg i siktet.
- Spänner det i shortsen, kompis, vad är du ute efter skrattade Sven Zen, du får väl kika omkring lite och se om du hittar dom. Dirrén drack ur, rapade, och försvann upp mot huset med målmedvetna steg.
- Hittade du Nora frågade Sven Zen oskyldigt när Dirrén kom lommandes tillbaka?
- Nej, dom har lämnat en lapp där det står att dom har åkt och handlat sa Dirrén dystert.
- Se inte så besviken ut för det, vi har massor att göra, vi ska ju ut och borra fast skulpturerna på holmen, till exempel sa Sven Zen. I och med detta så lyste Dirrén upp och stämningen lättade lite och man tyckte att nu fick rasten vara slut och

började lasta båten med det som skulle behövas. Alla fyra hoppade i och Sven Zen tog plats vid aktertoften, lyfta av motorkåpan och mixtrade med nåt en stund, ingen såg, för han skymde sikten, på med kåpan igen och ett nytt försök, vrrr, inget liv,

- Javisst fan, choken sa Sven Zen och justerade ut den till max, lindade på startsnöret och försökte igen, den startade med det sedvanliga vrålet och överfarten påbörjades men när dom kommit halvvägs över så hostade motorn till några gånger för att sen stanna med ett astmatiskt rosslande.

- Vad gjorde du retades Sune, som mycket väl sett att Sven Zen inte gjort nåt.

- Det där måste väl i alla fall ha varit dödsrycket sa Sven Zen och gjorde ett par halvhjärtade försök medans Sune skötte årorna in mot land.

Urlastningen gick planenligt och sällskapet satte sig ner och grabbarna repade eld på sina havannas som dom lämnat tidigare och öl öppnades på nytt denna granna dag.

Dom låg och gonade sig en stund och Sune tyckte att det var tur att det var semester för i den här värmen blev det inte mycket gjort.

- Men, borra fyra hål, det ska vi nog mäkta med sa Sven Zen som gått iväg för att lätta på trycket. Som tur var var det inte långt att bära, och borrningen tog inte många minuter, hålen blåstes ur och tvåkomponentslim trycktes ner i dom vartefter skulpturerna ställdes på plats och vips så var det färdigt.

Nu när man arbetat färdigt så var det dags för rast igen, om man tänker efter så sker ju faktiskt allt arbete mellan två raster, Sune bjöd, som seden var laget runt på Cirkas cigaretter och nya bira korkades upp, stämningen var uppsluppen, på ett nästan sakralt sätt.

Dirrén var lyrisk över sin nya vy, och lovordade det mesta, kanske framför allt sina nyfunna vänner, nu blev han nästan lite gråtmild och Tessla sa att det var nog bara kul att kunna hjälpa till, jag menar dom var ju ändå grannar.

- Dom passar ju som en toppluva snörvlade Dirrén, ser ut som dom alltid stått här, två stålmän direkt på graniten, kan bli svårslaget med tanke på era andra också, en slags temapark med skulpturer fortsatte han med svagare röst och man såg hur han i tankarna förirrade sig långt, långt bort.

Idyllen bröts av att en helikopter närmade sig, på låg höjd dessutom, och verkade komma åt deras håll. Oväsendet blev öronbedövande när farkosten lågsniffade över holmen och fortsatte in mot fastlandet.

- Vad fan var det där, dödskalle och korslagda benknotor påmålat undertill på Helikoptern, sa Sven Zen, verkar olycksbådande.

- Ähh, säkert bara några snorungar svarade Sune, med för mycket pengar och för lite att göra.

Sam Hellet hade tagit en av tjänstebilarna hem, den utan alkolås givetvis, dom nycklarna hade han lagt beslag på i ett tidigt skede, chefsligt privilegium tänkte Sam och skrockade belåtet med munnen full av Tulo. Utanför deras mysiga mansion i Äppelviken hade Gunsan burit ut det lilla av livets nödtorft som hon ansåg sig behöva för en sejour ute på landet.

Och det var inte lite det. När Sam körde in på uppfarten mot huset suckade han högt, vad i helvete var nu detta, ett berg av matkassar, och, ja, hela garderober faktiskt och överst hade hon demonstrativt lagt Minkpälsen som hon hade tjatat till sig i julas.

- Men, vad fan är nu det här sa Sam och suckade, vad ska du med pälsjäveln till, det är ju nästan 40 grader varmt, i skuggan?

- Är du sur undrade Gunsan förtrytsamt, nu när vi äntligen ska få komma ut på landet och mysa lite, ja då blir du sur och ska bara förstöra allt fortsatte hon och växlade till hulkande gråt på bara ett par sekunder, mycket slipad kvinna, denna Gunsa.

Sam som hade klivit ur bilen, kände hur det svajade lite i knäna, men fick snabbt stagning av den öppna bildörren, tog ett par djupa andetag och sa,

- Såja lilla gumman, klart du ska ha pälsen med dig, sa han tröstande.

- Jag vill ju bara vara fin, utifall vi får besök, jag har ju bjudit in

Gaspedahls, förresten, på middag i kväll sa hon med ansiktet inborrat i bröstet på Sam som i samma ögonblick hade reagerat som om han fått en örfil.

Storchefen, tänkte Sam och svetten började rinna i pannan och nacken på honom och den behagliga fyllan som han odlat hela dagen på jobbet, försvann på ett kick.

- Hörru, vi måsta sätta fart, vi har en helikopter att passa sa Sam och började fylla bilen med packningen, till ackompanjemang av Bob Marleys "Could you be loved", Änny Lööv, sjöng han med i refrängen.

- Inte visste jag att Bobban var så insatt i svensk politik, att han förutsåg Annie Lööf, blixtrade Gunsan till, och Sam var tvungen att dra på munnen, hon var inte så dum som hon såg ut, käringen, vilket man inte kan säga om dig, som hon säkert skulle sagt om hon hört honom.

- Allt kommer inte att rymmas grymtade Sam och försökte fälla ner ryggstödet i bilen, med klent resultat dock, så det fick bli ren muskelkraft.

- Men, det där ser ju ut att gå bra, hejade Gunsan på, för hon hade arbetslett åtskilliga omflyttningar i deras liv och hade fått en viss blick för det, hon hittade spaken till ryggstödet, drog upp sitsarna så lastutrymmet öppnades och det plötsligt gick in dubbelt så mycket.

Sam som vid fällandet av ryggstödet tappade fotfästet och föll in i bilen, kröp svärande ut igen, och fortsatte.

- Packningen kanske går in i bilen, men knappast i helikoptern.

- Det finns väl större helikoptrar också, har jag sett på tv i alla fall, sa hon förnärmat och såg på Sam som mindre vetande. Sam dängde igen bakluckan med en smäll, men sa inget vidare om saken. På väg ut mot Barkarby ringde han upp Bong, som sa att allt var klart för avgång, kärran var fulltankad och Habbel satt redan i och väntade.

- En kvart, högst, tar det nog sa Sam som redan hade passerat Brommaplan i god fart, Sam hade den egenheten att han alltid körde som om det var utryckning.

Men den tidsplanen sprack straxt när weekendköerna

tornade upp sig vid Lunda industriområde. Två telefonsamtal och trekvart senare slirade så äntligen ekipaget in på helikopterplattan.

Och med knäppande motorhuv började dom lasta in det från bilen som rymdes i helikoptern, vilket var ungefär hälften, det överblivna stuvades sedan tillbaka in i bilen, under gråt och tandagnisslan från Gunsan som förbannade lastutrymmena och Sam om vartannat, och nu var det hon som dängde igen bakluckan med en smäll.

Bong och Habbel som storögt hade betraktat utbrottet under tystnad kände sig lite illa till mods, det här var dom inte vana vid, känslosvängningarna.

- Äh, ryck upp er lite nu tyckte Sam vänligt, och för att ta udden av det inträffade bjöd han laget runt från fickpluntan som passade så bra i västen han fått av Gaspedahl.

Den tog han på sig ibland. Ingen annan var dock frestad, så Sam tog sig ett par rejäla huttar, tätt följd av den obligatoriska halspralinen.

Han har ju fler lösa skruvar än en gammal De Soto tänkte Gunsan stilla, var det nåt hon kände till så var det gamla jänkare, och då särskilt baksätena, gammal raggarbrud som hon var, detta kände dock inte Sam till, vilket nog var bäst för husfriden.

Bong och Habbel som under tidén hade gjort klart checklistan, räknat ut rutten dom skulle ta, baserat på dom senaste underrättelserna från telefonbolagen.

Flygningen påbörjades, det var en fin dag för en flygtur, över Stockholms city, vidare norrut mot Roslagen och efter en halvtimme sa Bong att det nog var dags att spärra upp korpgluggarna, för här nånstans i närheten var sista livstecknet.

Dom åkte runt och tittade en stund, men såg inget konstigt, några märkliga formationer på en holme, och fyra gubbar som satt och slöade, med ölflaskor i händerna. Bong manövrerade helikoptern lite närmare för att få en bättre titt, och kunde konstatera att det var nåt slags konstverk, av formen att döma så var det troligtvis statyer.

- Det är skulpturer sa Gunsan, det vet jag, för jag känner igen
dom, Majsan och jag var hemma hos konstnärerna häromdan,
dom verkar jättetrevliga, och har dom nån sån där på lager så
är jag intresserad av en, jag också. Sam bävade för ytterligare
fakturor från obskyra konstförsäljare, så han agerade kallsinnigt
och låtsades inte höra på det örat, bäst att tiga ihjäl sånt där,
tänkte han, och vem fan vill ha två armförsedda sälar på tomten,
det var ju själva satan.

- Och där har vi nästa projekt sa Bong och pekade neråt på nåt
som var minst lika underligt, ytterligare fyra "konstverk" som låg
och väntade på montering, i ännu märkligare utföranden.

- Ser ut lite grann som ufon, eller nåt anmärkte Habbel, som var
skarpsynt.

- Måste ligga nåt dårhus i krokarna, det här är väl nåt dom
sysselsätter idioterna med föreslog Sam och tömde det sista från
pluntan rakt ner i halsen.

- Jag tycker dom är snygga sa Gunsan. Illavarslande detta,
tänkte Sam dystert och tog ett hårdare tag om plånboken.

- Har vi sett nog nu, undrade Gunsan, för vi måste snart sätta
igång med maten, tidén går och vi får ju gäster ikväll. Hon
tittade på Sam som plötsligt rycktes tillbaka till verkligheten,
men det tog några sekunder för länge. Pillrena tillsammans med
boozen gjorde ju att han verkade totalt väck tänkte Gunsan i sitt
stilla sinne, måste försöka få in han på rehab nånstans, och hon
hade en svag aning om vem hon skulle fråga.

Och om inte det skulle gå var det kanske bäst att låta Lvm:a
honom, bäst att i så fall dryfta saken med Gaspedahl, kanske
kroniskt trötthetssyndrom, det hade ju blivit allt mer vanligt
funderade hon vidare, och med nytändning i blicken skruvade
hon otåligt på sig i sätet.

Sam som betraktade Gunsan bakom sina kromade spegelglas,
tyckte att hon betedde sig som en äggsjuk höna, hade hon
ägglossning? Måste i så fall vara det sista ägget, typ, fnissade
Sam för sig själv när helikoptern gick ner för landning på
gräsmattan bredvid huset.

Gunsan som nu hade blivit sig själv igen efter hormonattacken uppe i helikoptern, blängde surt på Sam, som glad i hågen, tillsammans med Bong och Habbel hölls med urlastningen.

När dom var färdiga så tog dom farväl, för att slippa den dåliga stämningen, och drog skyndsamt igång luftpiskaren igen.

Sam och Gunsan vinkade åt personalen som återvände in mot staden.

Sam funderade på vad han skulle säga när Gaspedahl frågade, för det skulle han göra, det visste han av erfarenhet, hur hade det gått? Inte så bra, spåret hade kallnat i och med att signalerna upphört, dessutom nånstans i närheten av sommarställena deras, märkligt sammanträffande, eller hur? Och hur var det nu igen med slumpen, gilla eller hata?

Det gick en uschling utefter ryggraden på Sam när han insåg att han själv kunde bli misstänkt för att ha något med saken att göra.

– Varför står du och glor in i väggen, sa den kära frun misstänksamt, och tittade på Sam som hade fastnat i ett hörn, en yrkesskada som annars mest drabbade gamla målare.

– Vadå, svarade Sam och återfördes med ett bryskt ryck till verkligheten. Detta fenomen kunde väl mest jämföras med att fastna i en vattenspegel, enligt gamla sägner, men nu gick det ju bra alltihop.

– Men, lilla gubben, du är ju alldeles kritvit i ansiktet, hur är det med dig sa hon oroligt och ledde iväg Sam mot soffan? Moderskänslorna, som nu hade övermannat henne, gjorde att hon utan vidare gick och hällde upp en stadig dragnagel ur en plastdunk som dom hade ståendes, Sam föredrog vit sprit, det visste hon.

I själva verket drack han vad som helst, det visste han. Sam smuttade lite, det gjorde han alltid när han hade publik. Det var samma med maten, han kunde smyga upp mitt i nätterna, och till exempel vräka i sig ett nystekt paket bacon, eller två, med publik petade han gärna i en sallad, allt för framtoningens skull.

– Nu känns det lite bättre, pustade han, och vips så hade han återfått något av sin vanliga ansiktsfärg, högröd.

– Du är utarbetad, behöver en lång semester, vila nerverna du vet.

- Nerverna, sa han förvånat och ställde ner det tomma glaset med en smäll, skit i dom, nu ska jag gå och hämta potatis, det är väl hög tid?

Med återvunna krafter försvann han mot baksidan, i en inte alltför rak linje.

- Byt kläder hördes från framsidan, så du inte skitar ner dig i onödan.

Det var väl ett jävla gnäll tänkte han, men gick i alla fall ner mot garaget och drog på sig storstövlarna, greppade grepen och stövlade iväg ner mot potatislandet.

Nästan framme upptäckte han att korgen inte hade kommit med, så han fick vackert återvända till garaget för att fiska upp den. Det man inte har i huvudet får man ha i benen, som morsan alltid sa, tänkte han med tillförsikt när han senare fick sätta grepen i jorden.

Dom hade tagit sig fint, pluggen, snart så hade han fyllt upp korgen och gick lätt till sinnes upp mot köket, med potatiskorgen i ena handen och grepen, av nån anledning i den andra, på fötterna, dom brutalt leriga stövlarna.

Ståendes mitt i köket, i denna position, så öppnades ytterdörren och in kliver makarna Gaspedahls, Göte och Majsan.

- Välkomna, varmt välkomna ska ni vara, sa Gunsan, gick resan bra, är ni törstiga, hungriga?

Under svadans gång hade hon hunnit med att krama om gästerna, samt befriat dom från blommor och choklad och tagit hand om ytterkläderna.

Nu vändes uppmärksamheten mot Sam som harklade sig ursäktande och ställde ner korgen, och lade grepen på golvet, klafsade fram och välkomnade gästerna entusiastiskt, pumpandes deras högerarmar upp och ner.

- Men, gå inte omkring med lerstövlarna inomhus, titta hur det ser ut sa frugan bistert.

- Javisst fan, sa han och drog av sig dom nyss nämnda skodonen.

Gunsan som redan hade fått fram skurborsten svabbade snabbt av golvet och bar iväg grepen och stövlarna, kastade ut dom på baksidan igen, där dom hörde hemma, och tillbaks med grejorna i städskåpet, med en smäll.

- Där har du en som får saker och ting gjorda anmärkte Göte, med en antydan till leende i mungipan.

Sam som gjort sig upptagen med att svänga ihop en välkomstdrink, dunksprit upphälld i en Absolutflaska, och till det Grappo, eller om nån ville ha Cola?

- Cola, sa alla tre i kör, själv tog han Grappo, det innehöll ju Kinin, som var kramplösande, och det kunde nog inte skada, självmedicinerade sig Sam.

Nä, nu låter vi oss väl smaka föreslog Sam och skålade, straxt därefter försvann käringarna ut i köket och Sam gick och tog en påfyllning,

- Ska jag ta din med, undrade Sam, och gick bort mot baren.

Han verkar ju redan packad tänkte Göte, det är ju fan inte sant, under tidén rumsterade Sam runt i baren, verkade ha glömt vad han gjorde där, innan han fann sig och tog fram Absolutflaskan och fyllde på igen.

- Hur går det, undrade Göte med en misstänksam rynka mellan ögonen?

- Du ser trött ut, fortsatte han och tog en klunk ur glaset och tittade på Sam som med ens kände sig obehaglig till mods, ungefär som en mus som just upptäckt en Skallerorm.

- Pratade med Bong och Habbel förresten, sa Göte och bytte ämne, verkar ju inte som att vi kommer så mycket längre med det här spåret, slutar ju i princip på våran egen bakgård summerade han totalen.

- Vad sägs om en påfyllning , för nu var det tomt i glasen igen, undrade Sam som nu kände sig en aning bättre till mods.

- Trodde aldrig du skulle fråga sa Göte och sprack upp i nåt som skulle föreställa ett leende, men som för Sam mest påminde om en grimas.

- Kom och ta mat nu, gubbar, hördes det från köksregionerna, så dom begav sig med kurrande magar åt det hållet.

- Ni får lägga upp maten här, och sen ta med den ut på altanen, så slipper vi springa fram och tillbaks hela kvällen, det blir dåligt

av att stå framme hela tidén manade Gunsan på.
Maten ja, det var det sedvanliga sortimentet utav olika
sillinläggningar, nubbar och ost och bröd, ägghalvor, matjes,
färskpotatis, gräslök och dill och allt detta sköljdes ner med
ett urval av kalla pilsner. Varken Gunsan eller Majsan spottade
heller i glasen så stämningen var snart uppsluppen.
Och efter en fem, sex öl och några snapsar till det så ansåg sig
Sam nödsakad att uppsöka ett dött hörn på tomten för att lätta
på trycket, inte långt från potatislandet.
- Vad är det med Sam, sa Göte bekymrat, han verkar ha tappat
stinget totalt, och är, lite osammanhängande, för att uttrycka det
milt?
- Tänkte ta upp det med dig sa Gunsan, när Sam hade hunnit
bort till pisshörnan, han är utarbetad verkar det som, tror han
måste vara ledig en längre tid, slut i nerverna. Men jag har en
idé om det, Majsan och jag var ute och gick och hamnade, tack
vare hunden nere hos grannarna, konstnärerna du vet?
Om dom kände Göte till betydligt mera än han ville kännas
vid, detta var dock topphemligt, så hemligt att inte ens Sam
visste nåt, men deras förehavanden hade varit under luppen
den senaste tidén, för att inte säga åren, dom hade nått fuffens
för sig den saken var klar, men vad dom kunde sätta dom på i
dagsläget var lite oklart, det klart, den illegala invandringen var
ju ett trumfkort, om nu allt annat misslyckades.
Al Capone fick ju för skattebrott, om man nu skulle jämföra
äpplen och päron.
- Dom är jättetrevliga tyckte Majsan, ni jobbade ju när vi var
där, nå, i alla fall så försvann hunden in på deras tomt och
sprang ner och ställde sig för att skälla på skulpturerna, nere på
udden deras.
- Hunden är uppenbarligen konstvän, insköt Sam som hade
anslutit sig till sällskapet igen, efter pissningen.
- Men i alla fall, fortsatte Majsan som inte kom av sig så lätt, vi
blev inbjudna till dom,
- Till uppfinnaren, avbröt Sam, sin vana trogen?
- Ja, till uppfinnaren, svarade Majsan tålmodigt, får jag fortsätta?

Och hon fortsatte

- Pratade en hel del med honom, eller pratade är väl mycket sagt, det visade sig vara en pratkvarn utan like, fick knappt en syl i vädret.

- Det skulle man ju vilja se, sa Göte, innan man tror på det, menar jag. Några fniss hördes runt bordet.

- Ägarna från stan var där med ett helt följe, gästfria människor sa hon och tappade tråden... sen fortsatte hon,

- Tror dom driver nåt slags konstnärskollektiv, verkar pyssla med lite av varje, bodde visst på en ö inne i Stockholm, minns inte vad den hette nu igen.

- Vi kan väl gå förbi och säga hej ikväll kanske föreslog Gunsan, som var på sitt soligaste humör nu. Alkoholens tre stadier är ju glad, aggresiv, och sen trött.

På det så skålade dom igen och en skiva med särskilt fina bitar sattes på skivspelaren och volymen skruvades upp till max, och feststämningen var kvar för att stanna.

För Sven Zen, Sune, Tezzla och Dirrén var livet inte så enkelt, dessvärre.

Man hade badat lite och druckit upp resten av ölen, och så långt var väl allt frid och fröjd, men så bjöd Sune på en ny runda, en "special edition" som han sa. Med denna okända örtblandning, som kom från Amazonas urskogar, och anlände med båt lite då och då, hade Tullverket vid ett tillfälle visat intresse för denna produkt, men hade efter kontroll inte kunnat hitta några avvikelser från den allmänt vedertagna normen, så dom hade tackat för sig och önskat lycka till.

Men det man kunde säga var, att denna "special edition" inte kunde rekommenderas ihop med sprit, med öl var det en annan sak, då kunde det inskränka sig till milda förvrängningar av verklighetsuppfattningen, inte helt oangenämt, som Albert Hoffman skulle uttryckt det.

I kombination med, säg att nån är rejält packad, då snackar vi, kan knappt gå, och en "special" på det, så kunde resultatet bli hemska syner, sådana som man helst inte ville gå in närmare på. Men dom här pojkarna, dom hade lagt sig tillrätta och samtalet

dog ut på ett naturligt sätt, för värmen var överväldigande
och tystnaden öronbedövande. Molnformationerna var högst
ovanliga denna dag, och ett grönlila filter låg över nejden.
Sven Zen vred på huvudet och tittade på Sune och dom andra,
som nu hade kopierat sig själva så långt man kunde se, det var
hundratals av dom, det var som att nån hade tagit tag och dragit
ut dom, alla åt samma håll dessutom, åt höger.
Sven Zen försökte påtala detta för Sune, som hade lagt sig
på ena armbågen och flinade mot Sven. Men inte ett ord
fick han över sina läppar, inte en grymtning, nada, hur han
än grimaserade, för det gick bra, men stämbanden var som
paralyserade.
Sune, fortfarande brett flinande, gjorde ett lugnande tecken
med handflatan åt Sven, som förstod att detta är av övergående
karaktär, lättad sjönk han ner på ryggen igen och njöt av
utflykten, som nu inte varade så länge, som tur var, som Dirrén,
uttryckte det,
- Ha det så där, hela dagarna, skulle jag inte palla.
- Rätt trevligt, tyckte Tessla, som ju var lite förhärdad av sig.
- Vad tycker Sven då, undrade Sune, vad det nåt att ha?
- Nja, det vete fan, vad var det där?
- Det var på en av limporna, det stod "hoffmans choice" på den,
så jag tänkte, vad fan, vi testar väl, man är ju inte sämre än så.
- Det var nog fint, det där, men lägg undan det, föredrar
standard, i det här fallet, nu blev vi liggande hela eftermiddagen,
och hungrig så in i helvete utbrast Sven Zen.
Dom andra mumlade instämmande, att jo, nu kunde det vara
dags att få nåt i skrinet igen, och vatten, fanns det nåt vatten?
- Jag fixar det, sa Dirrén och vinglade iväg bort mot huset,
återvände efter en stund med en dunk vatten.
- Men jobbet blev i alla fall bra, sa Dirrén slog ut med armen
neråt konstverken till. Inte tu tal om det, instämde dom andra,
guld!
Dom stod så en stund och beundrade jobbet, det ska man alltid
göra, innan dom packade in allt skit i båten igen.
- Det är det här förbannade bärandet, man är ju som en jävla

kuli, tyckte Tessla när han lämpade av det sista.

- Nu åker vi hem, sa Sven och hoppade i båten.

- Åker och åker, det får vi väl se, sa Sune och lindade på snöret, och försökte dra, tvärnit, satt fast.

- Då har han väl sköre, som Sven sa, dialektalt, förvånar mig inte ett smack.

- Vi får väl ro då, sa Sune och greppade årorna. Det är ju inte särskilt långt emellan så dom var strax tillbaka på fastlandet. man rodde på en tio, femton minuter.

Båten förtöjdes vid bryggan och det sedvanliga bärandet tog vid och efter det så begav sig de fyras gäng ner i köket för en närmare flukt i karotterna. I köket var det full fart på stekpannorna, matoset gjorde att det sved i magarna på dom av hunger, och köttbullarna är snart klara, sa Nora till Sune, som hade lyckats norpa åt sig ett par köttbullar i farten.

- Lite mer vitpeppar, tror jag, tillade han för säkerhets skull, och smackade uppskattande med läpparna.

- Och jag tror att vi äter om tjugo minuter sa Nora och föste ut provsmakarna från köket. Efter maten drack dom lite kaffe och diskuterade nästa steg, vilket man inte ska göra för länge, då risken är stor att man blir ståendes på ett ben.

- Bättre än så här blir det nog inte, som Dirrén sa, när han sörplade på påtåren, och försåg sig med en bit äppelkaka till från det dignande kakfatet.

- Hur länge blir ni kvar då, undrade Tessla, som kände igen ticsen?

- Exakt, sa Sven Zen, plikten kallar, men en bastu ska vi väl hinna med, ikväll blir väl bra?

- Och så undrade dom från "Stängt" när dom skulle få igen personalen, anmärkte Sune torrt.

- Nåt till kaffet, nån, undrade Sven Zen och gick iväg mot kapprummet?

Väl där hämtade han reservflaskan, som han klokt nog förvarade i ena stöveln, med en raggsocka över som skydd. Flaskan med Absint som brukade stå i barskåpet var mystiskt försvunnen, sen den sista rediga fyllan, kan man nog säga utan att tänja på sanningen alltför mycket.

Svens skarpsinnighet gick denna dag inte av för hackor, för när han återvände med flaskan i högsta hugg smalnade Noras ögon ihop, och Sven förstod med ens vem den skyldige var.

- Ja, jag ska ju köra, men ni ska väl ha?

Sven hällde upp i glasen som hade materialiserats på bordet, själv drack han saft, hemgjord sådan naturligtvis, och dessutom Jordgubb, favoritsmaken.

- Ja, skål då, sa Sven och drack, dom andra tre, som drack av den gröna tralloljan, ställde ner glasen med en lätt grimas.

- Burr, sa Dirrén, gott är det ju inte, direkt.

- I så fall skulle du ha tagit Jordgubbssaft, det är gott det, sa Sven och njöt av sin saft i fulla drag. Trallolja dricker man för effektens skull, inte smaken, samma som med Alkohol, fortsatte han flinande.

- Gott, fnissade Sune och hällde upp en jamare till, innan Sven, efter ett varnande ögonkast från Nora, smög ut flaskan i hallen igen, men nu böt han gömställe, ett av proppskåpen var en attrapp, fronten var gångjärnsförsedd och rymde två flaskor, den här hittar hon aldrig tänkte Sven Zen nöjt och återvände mot köket. Vad han inte sett var att Nora smugit efter och nu visste om även Svens nya gömställe.

- Känns lite märkligt, erkände Dirrén, men inte helt obehagligt, och efter det så vände sig ögonen, och han ramlade av stolen, halvgled oformligt ner på golvet, och efter några sekunder kunde man höra snarkningar.

- Ja, då lever han ju i alla fall, skönt, tyckte Tessla, som inte ville bli av med sin nya kompis i onödan.

- Inget vidare konstnärsvirke i honom, direkt anmärkte Sune som tålde det mesta, utom motgångar kanske.

- Han kanske är allegorisk, är ju många som är det numera föreslog Sven Zen.

- Där har vi det nog, allegorisk, tillräckligt likt allergisk, för man kan ju knappast kalla honom energisk, tyckte Sune och baxade iväg med Dirrén mot närmsta soffa, så han fick vila lite, själva sträckte dom ut sig i varsin bekväm fåtölj, och tog en liten tupplur.

- Nu sover dom igen, sa Nora förvånat, spädbarn håller på sådär, men vuxna karlar, men jag ska nog få liv i dom,
- Hallå, vakna nu, sa hon och ruskade i Sune som dock bara skakade på huvudet, samma sak med Sven som inte uppvisade någon reaktion att tala om,
- Det var väl själva fan, sa hon och gick ut till köket, och kom tillbaka med blöta, iskalla trasor, som hon vred ur över deras huvuden.

Det visade sig vara ytterst effektivt, dom frustade och spottade, men kvicknade till, det gjorde dom. Hon plockade bort glasen och sa att nu fick det nog fan vara slutlekt för idag, och skulle dom inte dra igång bastun?

- Ut med er, sa hon och öppnade fönstren på vid gavel, behövde tydligen vädras. Så dom begav sig ut på altanen för ett par muggar med kaffe, kanske en sportdryck också, dom små bruna fyrkantiga flaskorna, med en tjur på.

- Jävla gubbar, man skulle kunna tro att dom är tonåringar, inte vuxna, tänkte Nora som inte bara var en klipsk kvinna, utan hon var vacker också.

Ute på altanen hade dryckerna haft avsedd effekt, och nu satt dom och babblade om allt mellan himmel och jord, gärna i mun på varandra, och helst oavbrutet, detta var en konstform dom vid det här laget hade odlat och förfinat intill perfektion.

För den oinvigde lyssnaren var det mycket svårt att förstå nåt överhuvudtaget. Tricket var att inte lyssna på någon, utan att bara babbla på, och med tidén lära sig att även prata på inandningen, och allt detta gjordes bara för att det var kul, och för att dom kunde.

Mitt i denna märkliga kakafoni av svamlande människor, i olika stadier av festtillstånd gjorde två par som var ute på hundpromenad entré.

- Skärp er lite nu, manade Gunsan på, och slog med en gaffel på ett glas för att påkalla uppmärksamhet, sorlet avtog sakta och bordet välkomnade dom nya gästerna, som också bestod av gubben hennes, Sam Hellet samt Majsan och hennes sällskap, den stenhårde Göte Gaspedahl, till skillnad mot herrarna runt bordet, som mest var stenade.

- Men, slå er ner, vettja, sa Sven Zen som återvann fattningen först, och snabbt gjorde fyra sittplatser, från en soffa som var belamrad med fiskegrejor.
- Man tackar, sa gästerna och slog sig ner.
- Mysigt ni verkar ha det sa Gunsan och log.
- Jaja men, lita på det sa Sune och flinade brett, charader du vet.
- Och vad skulle det där föreställa då, undrade hon?
- Polsk riksdag stod det på lappen, inflikade Sven Zen.
- Apropå det ja, vet ni vad Sameflickan önskade sig i julklapp, undrade Sune illmarigt och bligade runt bordet?
- Nja, inte direkt, så där på rak arm, vad jag vet, tvekade Gaspedahl och tittade på Majsan för att få lite stöd, men hon ruskade på huvudet.
- Det som stod på lappen, sa Sune och därmed var isen bruten och skratten spred sig runt bordet.
- Vad får det lov att vara, undrade Tessla, som ställt sig vid utebaren och botaniserade bland det rikliga utbudet?
- Tja, kan ju börja med en öl, tack, sa Gaspedahl.
- Och jag tar gärna lite vin, rött helst, tyckte Majsan.
- Så där då, sa Tessla och serverade dom nyanlända gästerna deras drycker.
- Nu skålar vi menade Gunsan på.
- Absolut höll Sven Zen med, skål, och välkomna ska ni vara!

Pratandet tog fart och timmarna gick, sådär som dom gör ibland när man är bland trevliga människor, och god mat och dryck avlöser varandra på ett finstämt sätt. En enbent, tämligen tam mås höll sig framme på ett listigt sätt och lyckades tigga till sig några godbitar, djurvänner finns ju överallt.

Sam hade uppsökt pisshörnan igen, alla lantställen med självvaktning har ju en sån hörna, och stod nu och lättade på trycket, med vänster hand blåhöll han i en gren från äppelträdet, som befann sig på lämplig höjd, och med högern försökte han undvika att pissa på skorna.

Vilket inte var helt lätt med tanke på att det svajade högst betänkligt, "som en fura i storm", tänkte Sam, och han började skratta högt medans han fumlande försökte stänga gylfen med ena handen, att släppa trädet var nog ingen bra idé i dagsläget, analyserade Sam vidare, innan han äntligen lyckades med den nästintill omöjliga uppgiften, att dra upp gylfen.

– Jaså, här står du och skrattar, sa Gaspedahl roat och övertog trädgrenen på ett sätt som påminde om överlämnandet av stafettpinnen på en löparbana.

– Aaah, utbrast Gadpedahl belåtet, det där var nog fan, i sista sekunden det där. Han pissade belåtet klart, och sen fortsatte han,

– Har inte sagt nåt tidigare, men vi saknar några operatörer, fina grabbar sluddrade Gaspedahl på, verkar ha blivit någon slags epedemi, nu är vi uppe i sex stycken, totalt, just inga spår efter dom, sluddrade Gaspedahl vidare.

– Sex, jag visste bara om två, sa Sam, häpen över hur lite information som passades över till honom, vem tog han honom för?

– Ja, dom sista fyra har vi försökt lokalisera, så gott det nu går, sa Gaspedahl smått uppgiven, verkar inte klokt, utspridda lite här och där, ser slumpmässigt arrangerat ut.

– Vad menar du? insköt Sam fåraktigt från huggkubben, där han av säkerhetsskäl hade slagit ner arslet.

– Puh, sa Gaspedahl och torkade sig i pannan med sin lediga arm, den vänstra behövdes till förankringen i trädet. Han fortsatte,

– Ja, jag menar bara, vafan, en av telefonerna hittades ute i haninge, den lämnades faktiskt in på stationen därute, och där svarade dom ju när vi ringde, men vart operatören tagit vägen, det vete fan.

– Och mer då, sa Sam och försökte se intresserad ut, det gungade så han knappt klarade att hålla sig kvar på huggkubben.

– Ja, nu blir det intressantare, två av telefonerna är i gång här i Storstockholm, en av dom med ett nytt nummer, den andra med samma kvar, och den luren har kontakt med en känd skummis här i stan, honom har vi stenkoll på, ja, på båda givetvis.

- Då återstår en, insköt Sam klipskt.

- Du tar dig, du tar dig, grabben, sa han och klappade entusiastiskt Sam i ryggen, så hjärtligt så han närapå föll av kubben.

- Och jag som hade tänkt pensionera dig, skrattade han. Sam visste inte vilket som var värst, Götes spelade hjärtlighet, eller hans brutala uppriktighet.

- Mig, sa Sam förvånat, och ett litet hopp började spira inom honom.

- Ja, men jag har inte bestämt mig riktigt än, medgav han, ska vi gå upp?

Han sträckte fram kardan, drog upp Sam på benen, och dom började gå upp mot dom andra.

- Pensionär, upprepade Sam högt, inombords jublade han, men var noga med att inte avslöja sig.

- Det kanske inte blir nödvändigt, men en lång ledighet behöver du ju hur som helst sa Gaspedahl, kanske lite onödigt hårt, och fryntligheten var som bortblåst.

- Det är nåt lurt med det där gänget, nästla dig in hos dom, till att börja med, så får vi se sen, du rapporterar till mig regelbundet, som vanligt, ta sommaren på dig för det här, fullt betalt givetvis, sa han och straxt var dom tillbaka hos dom andra igen.

- Nu vill jag utbringa en skål för våra nyfunna vänner och önska dom all välgång i framtidén sa Sune och tittade på Sven Zen, som hade en bekymrad rynka i pannan, Sven hade också känt av den ändrade stämningen, som han härledde till Gaspedahl, som på nytt slog upp en dragnagel och hällde i sig, vartefter han lutade sig tillbaka med nåt dimmigt, kolsvart i blicken.

Sam som hade haft en sådan smakstart på kvällen, kände sig nu lite nedslagen, skulle han vara tvungen att spionera på sina nya vänner? Kändes inte alls bra, nä, vore betydligt bättre att försöka spåra den sista telefonen.

- Den fjärde sa Sam, högt för sig själv, belåtet.

- Den fjärde, sa Tessla, det var i går det, nu är det den femte, och hon är tjugo minuter över fyra, sa han med en snabb blick på klockan.

Sam såg först förvånad ut, sen insåg han att han antagligen hade tänkt högt, han kanske var i behov av vila, det lät plötsligt inte så illa, det där med ledigheten, vederkvickt av dessa nya insikter lystes hans nuna upp, och ett nöjt leende spelade i hans mungipor. Det stimmades en hel del runt bordet och frekvensen hade vridits upp ett par snäpp igen.

- Hörde att du skulle få lite ledigt, sa Sven Zen och lutade sig mot Sam en aning, kunde det verkligen vara deras gamle kompis, från Kyrkbyn, han hade onekligen en del drag av honom, han tittade bort mot Sune som nickade omärkligt och drog på munnen, han verkade också känna igen Sam. Han hade alltid sett lite lillgammal ut.

- Ja, verkar inte bättre, har inte varit ledig på många år, men, vad ska man då göra hela dagarna, suckade han och sträckte sig efter tralloljan, som Göte oförsiktigt nog hade lämnat inom räckhåll för Sam.

- Du kan väl hjälpa till här, lite grann, ja, om du vill alltså? sa Sven och tittade igen på Sune som nu skakade avvärjande på huvudet, men det var försent, för Sams ansikte lyste upp, och nu verkade polletten plötsligt ramla ner, för han utbrast,

- Nu känner jag igen er, ni är väl från gamla Täby, eller hur, vi gick ju i samma klass några år, i prästgårdsskolan, vilken ofattbar slump, att stöta på er här, va fan!

Göte som hade överhört samtalet var dock allt annat än nöjd, va fan var det här, kände dom varann?

Sune som på sitt håll höll kollen, såg att Götes ansikte skiftade i uttryck på en sekund och han förstod att dom hade att göra med en psykopat, en troligtvis mycket farlig person att ha som ovän, så det bästa var nog att hålla honom på så gott humör som möjligt. Sam fortsatte

- Om man ska vara petig så har jag väl aldrig varit ledig mer än två veckor i sträck, om ens det, så man får väl slappa lite, fiska, åka lite båt, och för sig själv tänkte han, och spana på er, chefens order, tyvärr.

- Då får vi ju möjlighet att träffas, kan vi snacka lite minnen, flinade Sune, som ansåg att detta tarvade en skål till, så dom skålade igen.

- Kommer du ihåg alla hyss vi hade för oss med Roslagsbanan, fortsatte han?

- Vem kan glömma det, frustade Sam, och spillde på sig, husvagnsplockepinnet var ju en höjdare, för att inte tala om Scoutstugan, men det är väl preskriberat vid det här laget.

Dom talade en lång stund om gamla minnen, som det lätt blir när man inte setts på många år. Göte som under samtalets gång blivit alltmer tveksam till att om det här verkligen hade varit en så bra idé, det här, nu hängde ju allt på var Sam hade sina lojaliteter, hos gamla vänner, eller hos sin närmaste granne och tillika chef.

Jävla nervvrak tänkte Göte, och tittade kallt åt Sams håll, som tycktes ha en väldigt trevlig återförening, han fortsatte ögnandet runt bordet, sökte sig till Sune, som också kunde det här med iskalla blickar, och nu var det tysta leken, ingen ville ge sig, den trevliga stämningen var som bortblåst, sorlet tystnade, och Tessla, hade fått i sig tillräckligt för att känna sig botad, åtminstone för stunden.

- Ja, det är ju en dag i morgon också, sa Sven Zen och man började packa ihop, och gästerna bröt upp för att anträda hemfärden, vilket väl gick sådär, ingen rak linje direkt, om man säger så. Hunden var sin vana trogen och stod och skällde på skulpturerna, som låg nere på udden, i väntan på montering, den fick dom gå ner och koppla för att få med sig hem. Hundar är ju ofta mycket smartare än ägarna.

Sven och Sune som kände för en promenad, bildade eftertrupp, funderandes

- Det är något obehagligt över den där snubben, Gaspedahl, verkar dessutom som att Sam är skraj för han, märkte du det, sa Sven eftertänksamt, medan han med nöd och näppe lyckades undvika en trädstam som plötsligt uppenbarade sig i halvmörkret.

- Ja, märks tydligt, håller med dig, nåt reptilaktigt över fanskapet, en hal jävel, undrar vad han är ute efter?

- Oss kanske, föreslog Sven, och båda stannade upp och tittade på varandra.

- Oss, sa Sune med äkta förvåning i rösten, vi skulle väl snarare ha medalj, skadesanering är väl inte straffbart, varför skulle dom ge sig på oss?

- Ja, vad tror du, vi kanske har gått för långt, Sven såg med ens bekymrad ut?

- Du ska alltid oroa dig, är nog ingen fara, men det är nog ingen dum idé att hålla ett öga på dom där två filurerna, Tessla tar säkert hand om Sam på bästa sätt, och så har han ju Dirrén också, på det viset får han två lekkamrater här ute i sommar. Habitering för nervklena, liksom.

- Hans jävla uppfinningar kan komma att bli slutet för oss filosoferade Sune vidare, måste försöka att bromsa dom värsta galenskaperna, inte bra med all uppmärksamhet, köra bilen på vatten, och i tv dessutom, Sune skakade på skallen.

- Dra ner blixtar i ställverk är väl inte heller nåt som befrämjar kontakterna med myndigheter, men, det är ju inget ont i han, egentligen.

Nu hade dom eskorterade avvikit nånstans, kanske kände dom sig förföljda, eller så hade dom kommit hem redan, hursomhelst, dom satte sig ner och tog en rök innan dom gick hemåt. i kvällsmörkret hoade en lom och det var vindstilla, en Finlandsbåt stävade förbi, som en upplyst julgran på steroidér. Väl tillbaka igen så tyckte dom att det var väl lika bra att proppa fast Zlatanserien på en gång, när man ändå var i farten, klockan var väl kanske i mesta laget för att borra, men det var snart gjort, och inga protester hördes, kan bero på att det är svårt att härleda ljud som transporteras över vatten.

Dom blandade till lite pjuck och fyllde ner i hålen, därefter dryftades huruvida utplaceringen skulle göras, eftersom cykelsparken var mest spektakulär så hamnade den därför i förgrunden, allt annat hade väl varit helgerån.

Dom andra tog sig naturliga platser, som det föll sig, helt enkelt. Nu var det en imponerande syn att skåda, mycket mer imponerande än nån kunde ana. Och nu började fåglarna att kvittra igen och grabbarna tog sig en gonattpilsner, för några timmars sömn var nog att rekommendera, som Sven Zen sa

- I morgon måste vi nog in till "cirka", bizniz as usual, flera båtar som kommer in, och dumt att lämna skutan vind för våg. Vill du ha en till, förresten?

- Vad tror du själv? Sven Zen korkade upp två flaskor till, gav Sune den ena som tog ett par klunkar, rapade, och sa,

- Nu måste vi vara skärpta hädanefter, inte bjuda på nåt, hajar du? Det sista kanske kom ut onödigt hårt så han la till "kompis", för att ta udden av det lite.

- Det är lugnt, "kompis", höll Sven Zen med, hädanefter blir det straight edge, totalt, han tände en cigg till och lutade sig lite tillbaka.

- Ja, ja, ta inte i så du spricker nu. Sune gäspade stort, förresten, jag har tänkt på en grej.

- Låt höra då, jag lär väl inte slippa, misstänker jag?

- Det där med att, bättre stämma i bäcken än i ån, det är väl lite vår taktik?

- Jo, det kan väl stämma, höll Sven med.

- Breivik, norsken, du vet, han hade ju också det argumentet.

- Ja men, du kan väl för fan inte jämföra vårt "jobb" med norskens, vi är ju skadesanerare, norsken, han sköt ju barn, eller i vart fall ungdomar.

- Nja, i lagens mening är det nog ingen större skillnad, mord som mord, i båda fallen planerade långt i förväg.

- Vi har ju i varje fall mera moraliskt rätt, invände Sven Zen förnärmat, och fjärmade sig från jämförelsen med norsken. Vi får väl kalla oss moraliska mordpatrullen då, vi mördar för en bättre värld.

- Ja, om syftet är gott, så rättfärdigar det ju handlingarna, så där är vi gröna i alla fall, sa Sune.

- Enkel logik, höll Sven med, ska vi knyta ihop säcken kanske, gå och sova några timmar, vad tror du om det?

- Ett gott samvete är ju ändå den bästa huvudkudden, höll han med och dom två begav sig upp mot sovkvarteren och stupade i säng.

Sven Zen hade en märklig dröm, Sune och han var ute och flög, en plötslig vindby slet tag i Sune och han försvann snabbt utom synhåll, han såg en stad i flammor, en fruktansvärd helikopterkrasch, och en värld i upplösning, överallt trashankar som släpade sig fram, nånstans i det hela så fanns det ett stråk av igenkännande, kan detta vara möjligt hann Sven Zen tänka innan han vaknade upp, kallsvettig och med hjärtat bankande. Han kollade för säkerhets skull att Sune låg kvar i sängen, det gjorde han, dom timmerstockarna gick det inte att missta sig på, han pustade ut en stund och lät hjärtat lugna upp sig lite innan han gick ner i köket för att få sig lite kaffe. Köket hade varit igång ett bra tag, i själva verket hade dom ändå tänkt att väcka dom, ingen idé att sova bort hela dan.

Dom satt på verandan och sällskapet njöt av den nya vyn, nere på udden, och inte bara dom, det verkade som att konstverken hade rönt en viss uppmärksamhet, till och med finlandsfärjorna såg ut att tappa fart när dom passerade, och även en del privatbåtar gjorde sig gärna en liten omväg för att titta på detta nya, vad det nu kunde vara?

Efter frukostbestyren så började man stuva in verktyg och sånt som skulle tillbaka, sen så instruerade Sven Zen Tessla att inga strandhugg tolererades nere på udden, så han fick hålla ena korpgluggen öppen och inte fastna i verkstan med Dirrén, vilket nog var ett bra råd. För nåt dom inte behövde var fler olycksbådande besök av olika myndigheter

- Så undvik att slå ut kraftnätet, även om det är frestande, manade Sven Zen på Tessla och tittade på Dirrén, som för att pränta in budskapet ordentligt. Dirrén såg lite besvärad ut och sa att han nog skulle göra vad han kunde för att hålla dom borta, han hade ju bytt sida numera.

- Och glöm inte att Sam behöver lite sysselsättning, om han nu är utarbetad, kan han inte ta hand om kommunikationerna mellan Cirka och er härute, på landet, med tanke på avlyssningsrisker och så, föreslog Sune, slå två flugor i en smäll, liksom?

- Typ som postrodden då, ingen dum idé, höll Sven Zen med,

då lär han ju ha att göra ett tag, och stark som en oxe kommer han att bli, dessutom.

- Jag håller på med ett nytt sorts batteri, inflikade Tessla, med Imotepladdning, utifall han blir trött i armarna så kan åka på eldriften, åtminstone i början, tills han har tränat upp sig.

- Avgjort, men då hörs vi av längre fram, sa Sven Zen, och dom hoppade in i bilarna för att återvända till Cirka. Väl där så kunde dom konstatera att allt hade varit lugnt, men att en ökad tillströmning av hemlösa hade setts runt kajerna, och hur ville dom göra med det?

Sven Zen och Sune tittade på varandra och Sven Zen svarade

- Vi får väl utfordra dom, vi kan väl inte låta dom svälta ihjäl heller? Sune höll med om att medmänsklighet inte var något att pruta på, och antagligen var det väl doften av nybakat bröd som hade lockat dit dom från början.

Så man började att dela ut lite bröd och mat, Och sakta men säkert växte den lilla kolonin av trashankar, dom höll till på kajsidan mot bron och hade tagit på sig sysslan att hålla ett öga på vilka som kom in den vägen, vilket ledningen tyckte var ett berömvärt initiativ, och det hade på detta sätt utvecklats till en ovanligt lyckad symbios.

Dock var inte alla av den åsikten, skulle det visa sig, för en dag några veckor senare, när dom lastade in varor på lagret, så gled en liten buss ner mot varuintaget och ur klev två medelålders herrar och undrade om dom kunde få ett par ord med ledningen, det var nåt dom hade på hjärtat.

- Absolut, vi sätter oss här i skuggan, och vad kan vi hjälpa er med då, undrade Sven Zen?

- Jo, det ligger till så här, vi driver ett par härbärgen i den här stan, och vi har märkt att beläggningen minskat dramatiskt sista tidén och ville ta reda på varför, därför är vi här sa en av föreståndarna och rörde om i kaffekoppen som Sune hade bjudit dom på.

- Och jag som trodde att vi gjorde nåt bra, men det som är bra för en kanske inte är bra för en annan, medgav Sven Zen.

- Det kallas väl politik, insköt Sune?

- Men hur som helst, det vore ju bra om vi kunde få tillbaka några av klienterna, för annars kanske vi får anslagen indragna och då står vi utan jobb, och framför allt utan inkomster, och hur fan skulle det se ut sa den äldre av dom två, som nu började hetsa upp sig lite?

- Så, om man ska sammanfatta saken vill ni bara ha full beläggning sa Sune?

- Korrekt, är väl bara det.

- Saken är biff, vi ser till att anläggningarna fylls upp, och allt är frid och fröjd med det då?

Och med det avklarat så begav sig dom två före detta bekymrade föreståndarna tillbaka till sina härbärgen och Sven och Sune såg till att prata med dom hemlösa och dom gick med på att efter ett rullande schema fylla upp härbärgena i första hand och Cirka i sista.

När detta då var avklarat så satte sig dom två kumpanerna utanför lagret och lögade sig en stund, och av någon anledning sken nästan alltid solen över deras huvuden.

Dom hade den sista tidén märkt av en ökad övervakning, dom hemlösa vakterna kunde berätta om att det alltid, numera stod minst en skåpbil på parkeringen på Riddarholmen, med svarta rutor och en hel del antenner på taket, och efter en inspektion även upptäckt en kamera i bilen som tog kort närhelst någon passerade bron, om detta kunde dom berätta.

Det strök också omkring lite agenter inne på Stängt och ställde frågor till personalen, som dock inte var villiga att diskutera Cirkas inre angelägenheter med utomstående, nyfikna gäster.

En hel del av frågorna avhandlade om den, eller den, hade synts till, och visste man nåt om Motorcyklar, och då i synnerhet Amerikanska sådana?

Sven Zen som hade råkat överhöra samtalet, sa att hans Farfar hade varit över till Amerika en gång för länge sen och hjälpt till med att göra nya gjutformar till deras sorgligt otäta motorer, innan så pissade oljan rakt ur dom, det var en bedrövlig historia, men med dom nya formarna hade dom erövrat världen, och rättigheterna betalade sig än i dag, där ser man vikten av att skriva hållbara avtal.

Av denna utläggning såg frågeställaren än mer frågande ut så
Sven Zen ursäktade sig med att han hade ett brådskande samtal
att ringa, och begav sig upp mot tornkontoret för att ta en fika
och gagga lite med Sune som han visste redan var där.

- Där är du ju, tänkte gå och hämta dig precis, kaffe?

- Tackar sa Sven Zen och sjönk ner bakom skrivbordet, jaså du
törs sitta där, tänk om jag öppnar luckan då, för Sune hade satt
sig i besökssoffan, och det vet vi ju hur det brukar gå för dom
som sitter där?

- Ingen fara, jag har skruvat ur säkringen sa Sune och smuttade
ur den blåa muggen, i samma stund så ringer telefonen och
Sven Zen, som sitter närmast svarar, det var Tessla som ringde

- Tjänare, ville bara berätta att vi har haft besök här ute, det
stannade till en stor jävla båt, och iland kom en herre som hade
blivit tipsad om skulpturerna, en multimiljonär från Brasilien,
han kallade sig Gomez, och han ville absolut köpa dom, allihop,
åtminstone stålmännen ute hos Dirrén, han skulle visst flankera
en stor skulptur med en stålis på varje sida, hemma hos sig, i
Rio, tyckte ni skulle få veta att han bjöd en miljon svenska styck
för dom, rätt bra betalt, om ni frågar mig. Han gillar visst svensk
kvalitet.

- En miljon styck sa Sven Zen till Sune som lyste upp lite av
den meningen.

- För vad, undrade Sune?

- För stålis skulpturerna ute hos Dirrén, vad tycker du?

- Vore väl dunder och bli av med ett par stycken, hur vill han
betala?

- Hur vill han betala, sa Sven i luren?

- Med cash, han visade upp två Samsonite med en mille i varje,
han verkade stadd vid kassa, kan man säga. Sven Zen som tryckt
på högtalaren tittade på Sune som nickade uppfordrande.

- Jag ska kolla med våran bankkontakt att det inte är fråga om
förfalskningar, bara. Jag skickar ut honom idag och om det är ok
så får ni kapa ner dom och hjälpa dom iväg, vad tror du om det,
fixar ni det?

- Givetvis, vi väntar in bankiren, det är väl ingen ny, hoppas jag?
- Nej, nej, det är gamle Liljevit, du har träffat honom många
gånger sa Sven Zen och la på för att direkt ringa upp familjens
egen lagvrängare, Liljevit.
- Goddag, ni söker advokat Liljevit, kvittrade sekreteraren, vill
ni boka tid?
- Nej, hälsa bara att Sven Zen söker honom, tack. Särskilda
instruktioner verkade ha utgått beträffande den uppkomna
situationen, för han kopplades omedelbart om till en annan linje
där Liljevit svarade direkt.
- Sven, din skojare, inte var dag man hör din väna stämma, vad
kan jag hjälpa till med idag då?
- Jag undrar om du kunde åka ut till landet och kontrollera
äktheten i ett par väskor, du vet ju rutinen i dom här fallen?
- Absolut, jag kan åka på en gång, så jag åker direkt, är det
Tessla man snackar med?
- Ja exakt, han väntar på dig, sitter nog i verkstan och jobbar.
- Bra, bra, jag hör av mig å det snaraste då, vi hörs.
- Morsning sa Sven till den döda luren, säga vad man ville om
Liljevit, men han vilade inte på lagrarna.
- Är nog lugnast att bli av med bevisen, så långt bort som
möjligt helst sa Sune, har du läst tidningarna då, börjar visst bli
svårt med rekryteringen för några av gängen här i stan, har visst
försvunnit en del torpeder spårlöst, flera av dom visade sig ha
både fruar och barn, och ingen jävel vet nåt.
- Nej, dom är ju till och med här och letar, så vilsna är dom,
höll Sven med, och om allt annat skiter sig kan vi ju alltid börja
tillverka och sälja falluckor, tänk dig själv, Swefall, svenska
falluckor, erövrar världen, först Sverige sen världen, marknaden
måste ju vara enorm, luspudlar finns ju överallt, kanske till och
med kan komma ifråga för en börsnotering, jag menar, kan
Vattenfall så kan ju vi.
- Här sa Sune och bjöd Sven på en "på", för nu tyckte han att
det var läge att lugna upp honom lite, innan hybrisen helt fick
övertaget.
Efter ett par minuter så mådde Sven Zen bättre och dom gick

ner till bageriet, plockade med sig en sopsäck med bröd och satte sig nere vid kajen för att mata fåglar, en gravt underskattad sysselsättning, rensade skallen på ett bra sätt.

Bäst som dom satt där så anlöpte ett fartyg, ett stort helvete, och började lasta av stora tankar med nåt som vanligtvis inte brukade lastas av.

Det visade sig vara en gåva från rörläggarbåten, det skulle bli för långt att dra en skarv från Gazpromröret ända till Cirka, så istället skulle dom komma då och då för att fylla på tankarna istället.

Det skulle räcka bra för att ha en öppen låga igång hela vintern, mat och värme åt trashankarna som inte fick plats i den vanliga gemenskapen, såna var dom, Cirkianerna, omtänksamma.

Dom blev instruerade av besättningen i hur man kopplar in och skiftar tank, allt för säkerheten, den får inte tullas på.

När dom hade fått kläm på klabbet så gick Sven Zen i förväg och förberedde köket på matgäster och sen vidare förbi brikettförrådet där han fick med sig en rejäl laddning till att mata bastun med.

I restaurangen var det frid och fröjd, den gröna sörjan, eller trallolja som den också kallades serverades som måltidsdryck, på allmän begäran bör kanske tilläggas, för dom här gästerna var vitt beresta, dom tålde en frostnatt.

Efter några timmar hade yrslan infunnit sig och dom begav sig i samlad tropp upp mot rökbastun, där ett par timmars halleluja stod på schemat.

Eftermiddagen övergick i kväll och stojandet från bastun övergick från uppsluppet till mera åt det eftertänksamma hållet.

Dan efter när dom två vännerna kom upp så var rörläggarna borta och endast en molande huvudvärk återstod, som minne.

Dock var tankarna på plats och en stor öppen låga brann, så dom förstod att det inte hade varit någon dröm, det hade bara känts så.

När dom satt och åt frukost så kommer advokat Liljevit in genom dörren

- God morgon, kamrater sa han, försökte ringa i går kväll men

fick inget svar så jag tyckte att det var bäst att komma hit i egen
hög person, pustande sjönk han ner i stolen bredvid Sune
- Jävla värme, den tar kål på mig, dom två väskorna som han
hade med sig la han på bordet och öppnade dom
- Jag har personligen kollat att allt är i sin ordning, jag flyger
ner och sätter in dom i stiftelsen idag sa han och stängde igen
dom igen och ställde ner dom på golvet igen. Ett plan stod och
väntade ute på bromma, på tomgång.
- Jag hänger med sa Sune och viftade med passet i högsta hugg,
måste ändå ner i Europa, har lite nytt blod på ingång.
Sven Zen som misstänkte att detta hade nåt att göra med Sunes
avelsprojekt undrade bara
- Hur länge hade du tänkt vara borta då?
- Tar nog bara några dagar, du klarar dig väl själv ett tag, eller
hur?
- Får väl försöka roa mig så gott det går, ställ inte till med nåt,
bara. Och i och med detta så bröt sällskapet upp.
Tessla satt i verkstan med sina två hjälpredor, han jobbade på
att förbättra säkerheten med hiddinken och kanske kunna styra
kraften på ett bättre sätt, en riktad dödsstråle var målet, men om
det sa han ingenting utan babblade på om imotep laddaren som
laddade upp batteriet under gång, den gjorde det den behövde
under tidén man körde. Vilket går stick i stäv med det som lärs
ut i skolorna.
- Det tror jag inte på, menade Dirrén, som hade blivit formad
tidigt.
- Du ska snart få se, replikerade Tessla, ta med elmotorn ner till
bryggan, vi ska montera den på Canadensaren, och sen koppla
in imoteparn, sen far vi.
- Jag ska paddla, jag, sa Sam som hade börjat uppskatta
träningen allt mer, vilket också börjat avspegla sig i att
ansiktsfärgen hade återtagit en mer normal ton, nu mer brun än
röd.
- Du ska få, sa Tessla uppmuntrande, lugn bara.
Väl nere vid bryggan så skruvades motorn fast och batteriet och
laddaren kopplades in, och iväg bar det, ljudlöst. Då allt verkade

fungera så kopplade man ur så att roddaren fick slita lite, det uppskattade han. Overksamhet skapar ångest, det hade Sam märkt.

- Då vet du hur det funkar, om du tröttnar på att ro, vill säga. Sam nickade till svar att nog hade han förstått, och nu ville han släppa av dom för att nu skulle han ut på en längre tur.

Tessla och Dirrén slog sig ner på bryggan och njöt av kvällen,

- I morgon beräknar jag att Hiddinken, den nya varianten är klar för provkörning, ska bli kul sa Tessla drömmande.

- Och vem ska få äran att bli försökskanin då?

- Det vet jag inte än, men det brukar lösa sig naturligt, försäkrade han.

Dagen efter så hade Tessla släpat ut klotet, Hiddinken, ur verkstan och satt nu mest och bidade sin tid, Dirrén hade sjukanmält sig tidigare, och det passade Tessla som en toppluva, och Sam hade inte kommit tillbaka än.

Nu behövde han ju bara en försökskanin, och dom dök ju upp med jämna mellanrum. Visserligen hade han ju lovat att inte ställa till med något, men nu var han ju ensam kvar i verkstan och det kliade i fingrarna, inget lätt beslut alltså. Rejält impulsstyrd bidade han sin tid.

Det bästa vore ju om han kunde få den att landa i vattenbrynet, så dom kunde gå iland själva, och helst då torrskodda.

Han hade ju visserligen lovat att inte ställa till med något mera elände, men han var till nittio procent säker på att han visste vad han gjorde, bra odds tyckte han själv. Och det måste man ju hålla med om.

Ute på flygfältet så gjorde dom två terroristbekämparna sig redo för ytterligare en dag med signalspaning, ute i dom norra delarna av länet.

Den nya utsmyckningen av helikoptern hade inte passerat obemärkt, nån gnällkuk hade ringt och klagat, så dom skulle vara tvungna att ta bort dödskallen och knotorna från undersidan

- Vi tar väl en sista runda, och skrämmer upp lite folk på väl valda ställen, tyckte Bong till Habbel, som inte kunde svara, för han hade munnen full av godis. Dom lättade och flög iväg, en lågsniff över Bromma flygplats kunde ju vara kul, som alltid. Därefter så hovrade dom en stund ovanför en ovanligt stabil byggnad i Bromma industriområde, för att visa att dom gjorde vad dom ville, är man pirat så är man.

Efter ett tag, när inte det var roligt längre så tog man sig ut mot Norrtälje, denna Roslagens pärla, och sen vidare ut mot Rådmansö, där det var ett annat klimat.

– Nu har dom tagit ner ett par skulpturer, ser du sa Habbel, som denna dag satt vid spakarna, och för att riktigt visa tog han ett varv till.

– Ja det stämmer, där var två förut sa Bong och nickade ner mot Dirréns udde.

Tessla som suttit och halvsovit, funderandes på gamla oförrätter och alltmer irriterad över saker och tings utveckling, stärkte sig med ytterligare en pilsner. Han spetsade öronen och hjärtat tog ett glädjesprång i bröstet, kom dom nu hoppades han, och det gjorde dom, han kände igen den på piratmärket, nu äntligen skulle den gamla sjölagen kunna tillämpas igen.

Just när han gjorde sig beredd att fyra av så vände den och tog ytterligare en lov, för att titta på nåt antog Tessla.

Trettio sekunder senare så var den på väg mot rätt håll igen, eller rätt och rätt, det beror nog på vems sida man var.

Tessla avvaktade, men va fan nu, dom svängde igen men var snart på väg mot land igen så Tessla väntade lite, han gjorde en avfyrning och den tog, det var bara det att den hade förflyttat sig såpass under tidén att helikoptern nu var rakt ovanför Zlatanserien när det var som att luften gick ur och den autoroterade ner över skulpturerna som böjde sig för den nya vikten och ett kraschande ljud hördes samtidigt som hela farkosten föll i bitar.

Ett tag var det som om tidén stod stilla, det blev helt tyst, men efter en stund så hördes ett jämrande läte från vraket och ut släpade sig två pirater.

Sam som inte varit så långt bort hade sett olyckan, och han var ju också välbekant med helikoptern, så han skyndade sig dit.

Tessla hade också skyndat sig dit och han var först på plats, på väg in i cockpit lade han märke till att skulpturerna helt enkelt hade böjt sig nere vid infästningarna, och lagt sig ner med helikoptern ovanpå, den hade som genom ett under hamnat så att alla fyra böjt sig och på detta sätt mildrat fallet väsentligt. Cykelsparken hade trängt igenom golvet som en varm kniv i smör.

Helikoptern förövrigt var fullständigt demolerad, det enda som var helt var stjärtrotorn, men den låg dessvärre på sidan av.

Sam lade till med kanoten och hjälpte till att föra dom skadade i säkerhet, dom var nog mest chockade, det blödde lite från ett och annat småsår och dom mumlade lite, förstod väl inte vad som hade gått så fel.

- Allt bara dog i cockpiten, luktade bränt och vi gick bara rätt ner i backen, Habbel skakade förvirrat på huvudet och vände sig mot Bong som hade rest på sig och nu gick runt på haveriplatsen.

Helikoptern skulle nog klarat sig betydligt bättre om den inte hade landat på skulpturerna, putsningarna hade hållit förvånansvärt bra, lite sprickbildningar här och där, några mindre bitar saknades på ett och annat ställe, ingen stor skada skedd alltså, om man inte tog hänsyn till helikoptern då.

För den var skadan betydligt allvarligare, cykelsparksbenet hade gått igenom golvet, fastnat och därefter hade helikoptern följt med skulpturen ner i gråberget.

- Bara sopor kvar av den där sa Bong som inspekterat lite närmare på olycksplatsen.

- Ja, vi hade nog en jävla tur idag, eller vad tror du funderade Habbel?

- Fattar inte vad fan det va som hände bara, märkligt, kände du lukten av kabelbrand förresten?

- Luktar ju fortfarande sa Habbel och vädrade i luften.

Sam som strosat runt och dessutom sett allt från första parkett var mäkta imponerad av att dom två piloterna redan nu var mer eller mindre helt återställda, olyckan hade nog sett mycket värre ut än vad den varit.

- Ska jag ringa ambulans undrade Sam och tittade bort mot dom två piloterna som nu slagit sig ner på berget?

- Redan gjort sa Bong, tack för hjälpen förresten, hörde att du tagit ledigt över sommaren?

- Jo, det stämmer nog, kan ju inte bara jobba jämt, blir ju skittråkigt sa Sam och slängde samtidigt ett getöga efter Tessla som inte hade synts till på ett tag.

Bong och Habbel sneglade misstänksamt på Sam som dock såg ut att mena allvar, det här var inte likt den Sam som dom hade släppt av härute sist.

-Vart tog den andra killen vägen, undrade Habbel, som var här alldeles nyss?

Just i detta ögonblick uppenbarade sig Tessla, han hade klokt nog varit iväg och gömt undan dom elektriska apparater som han hade lovat att inte använda, men ibland så växte hornen ut, han kunde inte förklara det, för han ville ju egentligen inte ställa till med nåt skit, men även solen har fläckar brukade han trösta sig med.

- Törstiga grabbar undrade den fläckade solen och erbjöd vatten på flaska?

- Tackar, tackar sa Bong och tittade upp mot en liten svart prick långt bort i skyn, där har vi nog räddningstjänstens helikopter, grabbar.

Det visade sig vara riktigt för ett par minuter senare så gick den ner för landning och ut kom ett par sjukvårdare med utrustningen i högsta hugg, nu vidtog lite provtagningar, blodtryck och puls, och naturligtvis det obligatoriska utandningsprovet, men piloterna visade sig vara helt oskadda, samt nyktra, och det var ju bra , men dom fick nog hänga med in till sjukstugan i alla fall, för säkerhets skull.

Med en ny helikopter skulle det komma ut ett lag experter för att ta hand om situationen, olycksorsaken skulle ju utredas, sånt här var ju viktigt för flygsäkerheten förklarade räddningstjänstens pilot.

- Jo jag förstår det sa Sam, jag och Tessla, vi vaktar vraket tills dom kommer och hämtar det.

Och med detta sagt så lämnade helikoptern Roslagen för Stockholm, och Tessla och Sam gick upp mot en skuggigare plats för att ta sig en kall öl och en "på".

En liten stund senare så kom Dirrén ner, han hade varit ute och proviantderat, han ställde ner sina kassar och stirrade häpet ner mot udden, Zlatanserien, dessa fulländade konstverk var nu helt förödda.

- Va fan, har det störtat ner en helikopter utbrast Dirrén häpet, han tittade misstänksamt bort mot Terssla som skruvade på sig och genast drog upp ett par Ray-ban spegelglas och draperade dom i en elegant gest över ögonen, samtidigt som han förklarande sa att

- Den där helikoptern har haft problem förut, jag har hört den misstända tidigare.

- Misstända, sa Dirrén klentroget, som en gammal moped då?

- Mmm, Tessla korkade snabbt upp ett gäng nya öl och bjöd laget runt, för att ge dom något annat att tänka på.

Det tog inte mer än två timmar så hade haverikommissionen anlänt och började packa med sig resterna av vraket.

Under den här korta tidén så hade grabbarna fyllnat till ordentligt och satt nu och kom med förslag på vad det här kunde bero på, förslagen som lades fram var dock inte till någon större hjälp.

- Dom för ju piratflagg, kanske var tanken att försöka plocka med sig nån skulptur, dom var ju trots allt värda runt en mille styck.

- Ja, eller så satt dom väl och spanade på nakenbadande fruntimmer, det vet man ju att pirater är svåra på fruntimmer, och så vidare, ända tills dom hade packat ner och fått med sig allt, säkert var dom lättade när dom kunde lämna stället och ta sig därifrån med grejorna, för att undersöka saken närmare i lugn och ro. Vid det här laget sov kamraterna med öppna munnar och snarkningarna hördes vida omkring.

Inne på Cirka däremot var det en betydligare skillnad mot tidigare, övervakningen hade nu övergått i en annan fas, nu hade dom alltid överrock med sig när dom skulle åka nånstans, och inget gjorde dom för att dölja sig, tvärtom.

– Är dom homos hela bunten, eller vad flinar dom åt? undrade Sune som för tionde gången denna dag hade gått ut på parkeringen och bara mötts av leenden från dom som normalt satt inne i övervakningsbussen, men som nu gärna tog sina raster utanför bussen.

– Det är skadeglädje som du misstar för homosexualitet upplyste Sven Zen, dom är glada för att dom vet att vi ligger pyrt till, eller tror att dom vet i alla fall, och väntar nu bara på att vi ska göra ett misstag.

– Så genom leenden så ska vi fås att göra bort oss sa Sune misstroget och vände sig mot Sven som hade blicken fäst långt, långt bort.

– Jag brukar låtsas som att jag inte ser dom, det är nog det bästa sa Sven Zen och återvände till jorden.

– Jag undrar i alla fall om det inte är ett böggäng av något slag muttrade Sune som inte var så lätt att övertyga, bögar passade väl inte så bra ihop med Sunes avelsprojekt tänkte Sven, det kullkastade ju liksom hela idén med fortplantning, kan väl bara bli skitungar av det, som han brukade säga.

– Vi kanske skulle spränga hela öjäveln i luften, vad tror du om det framkastade Sven Zen, jag menar så här kan vi väl inte ha det?

– Spränga Cirka, du skämtar? Sune skakade misstroget på skallen varpå han insåg att

– Det är inget skämt, du menar det på fullt allvar.

– Klart jag gör, det måste bara planeras väl, man vill ju inte att någon kommer till skada.

I samma stund så ringer det på telefon

– Det är från landet, säger Sven och håller för mikrofonen, han lyssnar ett tag och stämmer här och där in några hummanden, jaså jaha, säger du det. Sune lyssnar lite förstrött på samtalet, inget ovanligt vad han kunde höra.

– Nu du jävlar, nu sitter vi nog ordentligt i klistret, har du hört några nyheter i dag.

– Nej, brukar undvika det, bara skit oftast.

- Du vet, den där helikoptern, med piratflagg som brukar sniffa omkring ute på landet, den har störtat ute på våran tomt, och inte nog med det, rätt på konstverken dessutom. Sven tog sig för pannan och hans adamsäpple guppade oroligt upp och ner.
- Det kan väl knappast vara en olyckshändelse, eller tror du? Sune hade klokt nog insett allvaret direkt och kom inte med några medvetna hörfel som dom annars brukade göra, på kul, så där.
Sven Zen´s äpple hade lugnat upp sig, men han såg klart stressad ut.
- Jag kan ge mig fan på att uppringaren, vilken var Tessla, har ett finger med i spelet, Sven sjönk djupare ner i fåtöljen, så väl känner jag honom.
- Hur gick det för skulpturerna då? Och nu såg också Sune djupt bekymrad ut, känslig konstnärssjäl som han var. Under tidén hade Sven tagit fram tankemössan och nu satt dom båda och funderade.
- Starkt, tyckte Sune, vilken jävla situation, men hur gick det för skulpturerna?
- Piloterna klarade sig visst oskadda, mest bara skrubbsår, Sven Zen verkade återigen inte ha hört Sunes fråga. Men han fortsatte
- Skulpturerna är hela, dom har visst bara böjt sig längst ner, vid infästningarna, några smärre småskador bara, helikoptern var visst tvungen att nödlanda på udden och mitt bland dom, fick visst cykelsparken rakt genom golvet, alla fyra ligger jäms med marken, helikoptervraket är tydligen redan bärgat därifrån, skulle visst undersökas, nåt med flygsäkerhet tydligen.
Sune satt tyst ett tag och bearbetade informationen, men han hann inte säga nåt innan Sven fortsatte
- Och vet du vad Tessla sa?
- Hur skulle jag kunna veta det, det var ju du som pratade med honom.
- Han gissade på elfel, på snurran alltså.
- Hela den karln är ett enda stort elfel.
Sune fnös och kände hur irritationen började bygga upp ett

visst tryck bara han tänkte på den där jävla olyckan till karl, han lugnade dock straxt upp sig och tog några djupa andetag, hade det inte varit för att det stod fyra mördade män, uppstyrda i den hårdaste varianten av saltvattenbeständig skyddsrumsbetong, som tur var, så hade ju saken varit i ett annat läge, då hade ju allt varit lugnt.

- Som tur var är dom fortfarande hela och vi tar väl bara och monterar om dom, är ju snart gjort. och med detta sagt så såg Sven Zen genast lite piggare ut. Sune funderade på nästa steg och tyckte att

- Vi kan ju alltid sälja dom sista fyra också, så blir vi av med problemet för alltid, nästa gång kanske det dimper ner en rymdfärja, vem vet?

- Ja, Brassen ville ju ha dom också, kontaktuppgifterna har vi kvar så det torde inte vara något problem, i så fall.

- Fast jag har ändå blivit fäst vid dom, vore mulligt att behålla dom. Sune var lite ambivalent, men det klart, man måste ju väga för och nackdelar mot varann, Men, cash is king, heter det ju.

- Hördu du, pengar har vi mer än vi kan göra av med, det är värre om dom upptäcker kärnorna i konstverken, vi får bege oss ut till landet och se till att det styrs upp på rätt sätt, och måste tala allvar med uppfinnarjäveln, annars kanske även han kan få en ståplats ute på udden, åtminstone kan man hota med det. Sune tittade förvånat på sin kamrat, han verkade ha fått smak på det mordiska, nu övervägde han till och med att ta kål på Tessla, ett uttalande i affekt förmodade han och ruskade av sig dom defaitistiska tankarna.

Under cover

Göte Gaspedahl var en av dom första som fick veta om olyckan, vilket givetvis berodde på att Sam så fort som möjligt gått undan för att ringa sin chef.

- Mm, Göte här. Han satt och gick igenom den senaste sammanställningen om hurdant utredningen fortskred, hittills hade det inte varit nåt att klappa händerna åt, dom hade satt

Cirkianerna under 24/7 bevakning, vilket resulterat i att dom hemlösa satt upp en egen bevakning av bevakarna, vad fan menade dom med det? Han såg framför sig hur polisrytteriet gavs fria tyglar och ett litet leende spelade i mungiporna samtidigt som det började spänna lite i shortsen. Tankarna avbröts dock av någon i andra änden av telefonluren

- Hallå, vad fan är det här för skitlinje, hallå?
- Ja, ja, jag hörde dig, ljög Göte. Varför sa du inget dåra, jävla pucko tänkte Sam som hade piggat på sig betydligt den senaste tidén, han hade till och med börjat uppskatta kanotturerna på ett sätt som han inte trodde hade varit möjligt, och hade känt styrkan återvända till kropp och själ mer och mer för varje dag.
- Bong och Habbel har just störtat ute på udden, vid rehaben på landet, dom är helskinnade, men snurran har nog gjort sitt, Sam lät så lugn på rösten att Göte kläckte ur sig
- Du skämtar?
- Det här är inget jävla skämt, det är allvar, bara sopor kvar av helikoptern, piloterna klarade sig med bara lite skrubbsår, änglavakt om du frågar mig.
- Vet man varför?
- Uppfinnaren härute gissar på elfel, men det vet jag inget om, haverikommissionen har plockat med sig varenda pinal från helikoptern.
- Uppfinnaren, vad fan vet han om det?
- Det luktade brända kablar sa han, men det visar sig väl i sinom tid tyckte Sam.
- Det får vi hoppas, det får vi verkligen hoppas, bra att du ringde, undrade just hur det gick för dig, överdrev Göte som inte hade haft några som helst förväntningar på Sam som verkat slut som artist och därför inte ägnat honom en tanke. Samtalet avslutades med lite kallprat och Göte koncentrerade sig ånyo på uppgiften.

Sam Hellet hade sakta men säkert byggt upp sin kondition, för att inte tala om sina nerver, som tidigare hade verkat ligga på utsidan av kroppen verkade numera ha krupit tillbaka in, där dom skulle vara och han var nu nästan tillbaka i slagkraftigt skick.

Dom många och långa dagar och förvisso även nätter i kanoten hade på överraskande kort tid helat hans sargade nerver och när paddlingen blev för jobbig så åkte han på batteridrift.

Som laddare betraktad så var Imoteparen helt överlägsen, många gånger satt han bara och åkte med, ljudlöst. Detta måste väl ändå vara den ultimata transportformen, man kunde inte gärna komma närmare naturen.

Vid ett tillfälle när han som vanligt gled förbi en av dessa många vassruggar han passerade så hörde han nåt som plaskade och skrek, Sam tittade, det lät som en fiskmås, och det var det också, den hade trasslat in sig i en fiskelina som nån hade klippt av, ett så kallat skatbo.

Sam plockade upp den och befriade måsen från linan, under måsens vilda protester, när han fått bort allt upptäckte han att den bara hade ett ben, han lade den på en filt i botten av kanoten, där den fick återhämta sig, den uppskattade även dom godbitar som Sam bjöd på, han brukade rycka lite strömming, pröva några kast här och där, många var dom vassruggar han hade slängt ut ett drag och anpassat farten så att fisken skulle lockas till hugg, och det small ofta direkt.

Måsen som fått namnet Benke, satt nu när han hade piggnat till lite oftast på bänken i kanoten, det hade med tidén blivit en allt vanligare syn på kanoten.

Det var på detta sätt som Sam hade tillbringat dom sista dagarna, han hade varit till Cirka och vänt åtskilliga gånger nu. Nåt han inte gillade var dom förbannade färjorna som förpestade Skärgården, varför i helvete fick dom ens tillåtelse att lämna kaj? Supa kan man väl göra ändå? Och tänk vad bränsle man skulle spara, bara det tänkte Sam, när han förbannade dessa bestar som i Sams tycke våldförde sig på skärgården, och svallvågorna var inte heller roliga, kanske skulle höra med Tessla om det fanns nåt man kunde göra åt problemet, problemlösning var ju hans specialitet.

Fast han skapade ju en hel del problem också, förvisso. Sam paddlade på.

Sådana tankar var det numera som rörde sig i hans huvud, spriten hade långsamt lämnat kroppen och återhämtningen hade börjat, dom svårartade eksem han haft sen långt tillbaka hade långsamt bleknat bort och migränen var ett minne blott, han anade att den mystiska örtblandningen "på" hade haft nåt med saken att göra, för supningen hade han ju hållit upp med många gånger tidigare och inte märkt någon skillnad.

Eller så är det motionen kombinerat med sjöluften tänkte han, det hade också börjat spänna i shortsen på ett sätt som han inte känt på många år, det var han särskilt nöjd med, för att inte tala om Gunsan som inte fått sån uppvaktning på många år, hon brukade anförtro sig åt sin bästa vän Majsan och berätta om dom senaste erotiska eskapaderna, vilket brukade resultera i att när Göte intet ont anande kom hem efter en ansträngande dag på kontoret knappt han innanför ytterdörren innan hon kastade sig över honom och försökte mjölka upp honom, första gången undrade han vad fan det var som hände, hon höll fast honom i armarna och satt och gned sig utanpå där han låg på rygg på hallgolvet och försökte kämpa emot, men hon gav sig inte, hon var kraftigt upptänd och flåsade hårt i hans öra, Göte kände hur något gammalt och grått plötsligt fick nytt liv och plötsligt var han med i matchen igen, han vräkte ner henne på rygg och in i värmen och sen var det klart, en sån tömning var det åratal sen hade haft, Gunsan låg med ett lyckligt leende på läpparna, det var också åratal sen, tänk vad lite kärlek kan göra.

Sam närmade sig rehaben, behövde nog sträcka på benen lite, en cykeltur ner till kiosken skulle nog vara bra, benen måste ju också få sitt, och kuken som Frank Andersson skulle ha sagt, mer än så hann han inte tänka förrän en helikopter fångade hans uppmärksamhet, kan det vara Bong och Habbel som är ute och åker, när den kom närmare såg han att det var det, han kände igen den på dödskallemärkningen, kan knappast finnas två med den utsmyckningen.

Men vad nu, den hade flaxat fram och tillbaka över land några gånger innan den närmade sig rehaben igen, men nåt var fel, den brakade rakt ner på skulpturerna som vek ner sig så fint, som politiker faktiskt, och sen tippade helikoptern ner i berget, i småbitar. Helikoptern får väl representera samhället då. Samhället kollapsar på grund av att politiker viker ner sig, och som efter ett helt liv i allmänhetens tjänst, får pension, och sen byter sida. Här har vi en gren där Sverige ligger långt fram, bakåtsträvning.

Apocalyps now tänkte Sam, som för övrigt var en av hans favoritfilmer, mäktigt, han skyndade sig på den sista biten, kastade sig i land och sprang upp mot olycksplatsen där han såg Tessla springa fram och hjälpa till att dra ut piloterna. Sam gjorde så gott han kunde med att få bort dom från vraket han också.

Som tur var hade det inte börjat brinna, det bränsle som var kvar i tanken hade runnit ur och låg nu som en oljefilm i vattnet.

Sam ringde och informerade Gaspedahl, som Sam tyckte lät ovanligt disträ, det var ju detta han skulle göra, hålla korpgluggarna öppna.

Tessla bjöd på bira och när haverikillarna kom så hade det redan börjat spåra ur, där alkoholen går in går vettet ut, brukar man ju säga.

Tidigt nästa morgon, i soluppgången redan så gav sig Sam av in mot Cirka, detta var ju bästa tidén på dagen, minimalt med folk ute och fisket är ju som bäst i gryningen, för sen har man hela dagen på sig till annat. Han drog lite strömming och lade i sumpen, och det var ju bra för efter en stund så landade Benke på kanoten och tiggde mat, han förväntade sig det, bortskämd som han blivit.

Sam försökte potträna Benke så att han skulle skita i vattnet istället för i kanoten, varje gång han lyckades få Benke att vända på sig och skita i vattnet , så fick han en strömming, inte annars, och han lärde sig snabbt, det gick bra. Så länge det fanns fisk, när den var slut och Benke inte fick nåt, så sket han i kanoten. Till och med måsar ägnar sig åt utpressning tänkte Sam och fyllde på nytt upp sumpen med strömming, men när han var klar med det så stack Benke iväg, förenade sig under skrik och skrän med sina artfränder på en närbelägen vit fläck till klippa. I Waxet stannade han och käkade ostburgare och slickade i sig en glass medans han tittade på folklivet, han slogs av hur mycket folk det var i rörelse, och en olustkänsla kröp över honom, som han inte riktigt lyckades skaka av sig förräns han återigen satt i kanoten och lämnade Waxholm till förmån för huvudstaden, det här var bästa biten tyckte Sam för nu var man snart inne i stan, och han gillade stan, det var där det hände tänkte han när han ljudlöst gled in mot Cirkas kajtrappa, där han lade till med kanoten och gick upp mot "Stängt".

Han slängde ett getöga på en skock med trashankar som höll på med någonting under några tankar, det skreks och det lät som en konflikt av något slag, nog inget att oroa sig för hann han tänka innan en explosion skakade över kajen och tryckvågen skyndade på honom högst märkbart.

Sam såg i ögonvrån hur en av tankarna lättade från marken och flög över vattnet och landade otroligt nog på övervakningsbussen, som turligt nog var obemannad, för dom som brukade sitta därinne satt nu utanför i det fina vädret och drack kaffe, han uppmärksammade också nåt som verkade regna ner, det visade sig vara kroppsdelar vid en närmare titt, några fingrar låg på marken, delar av vad som såg ut som ett huvud låg en bit längre bort, slamsor av kött hängde här och där, efter en stund så återvände hörseln sakta tillsammans med ett antal nya ringljud och pipanden, han kunde nu urskilja diverse skrik och jämranden från tankdepån. Tryckvågen hade varit betydande.

Skakad tog sig nu Sam, med smällen fortfarande lite ringande i öronen, bort mot skadeplatsen där han så gott han kunde försökte hjälpa till, men det var inte lätt, han insåg att det här nog översteg hans förmåga, han försökte trösta en kvinna som snabbt förblödde i hans armar, vilket inte är konstigt för hennes högra ben var avslitet jäms med ljumsken, den sista sucken undslapp kvinnan och huvudet föll ner mot marken och Sam släppte försiktigt ner henne, och nu kunde han höra sirenerna, straxt så skulle dom vara framme.

Sven Zen och Sune hade varit uppe på "Stängt" och hjälpt till,

Petter hade annars hotat att sticka därifrån och ta med sig dom som ville, för lunchtrycket saknade motstycke, restaurangens popularitet växte för varje dag och turistföreningen hade beräknat att runt tio procent kom för Cirkas skull, det fanns ju inga möjligheter att alla dom skulle rymmas där, men dom ska ha en eloge för att dom försökte.

Petter surade, han tyckte inte att denna anstormning var optimal, det enda det här kunde ge var möjligtvis en hjärtattack påpekade han till Sven när dom för tionde gången krockade i köket, och vad har jag sagt om att serveringen ränner runt i köket, undan för ess, grabben stressade Petter på.

Sven Zen tänkte kläcka ur sig nåt klyftigt, men hann inte förräns en jävla smäll ekade runt och en tryckvåg ruskade Cirka i grundvalarna, Sven och Sune släppte det dom hade för händer och rusade tillsammans med dom andra ut på balkongen för en översikt.

Efter en stund så anlände brandkår och ambulans för att inte tala om polisbilar, överallt på hela kajen. Utryckningsljus blinkade runtomkring och allt det skapade en surrealistisk känsla, ungefär som att befinna sig i en krigszon, overkligt.

- Vad fan var det som hände? Sune stirrade storögt ner på cirkusen inunder sig. Det hade bara gått ett fåtal minuter, men alla möjliga var på plats blixtsnabbt, det måste ha funnits nån slags beredskap för det här tänkte Sune. Han visste inte hur rätt han hade.

- Jag tror det var en tank som small av svarade Sven Zen, ser du inte, den har ju landat på bussen, därborta, han pekade åt Riddarholmen till.

- Vad är det här sa Petter och skrapade upp nåt från balkongplåten?

- Köttslamsor, om du frågar mig svarade Sune. Petter slängde ifrån sig slamsan med avsmak och torkade av sig på handuken som alltid hängde i en av bakfickorna.

Sven Zen och Sune gick ner för att hjälpa till med uppstädningsarbetet och med det hölls dom tills långt in på sena kvällen.

Gaspedahl som tidigt blivit informerad om händelsen välkomnade incidénten, det skulle ge honom en anledning att ta itu med denna surdeg som kallades Cirka, Sam tog hand om saken tills i morgon då Göte skulle komma ner och ta över ruljangsen. Tydligen hade han paddlat dit, märklig karl tänkte Göte.

Morgonen grydde och Göte Gaspedahl var tidigt ute, faktiskt först av alla, om man då inte räknar med Tjoffarn som alltid hade ett öga öppet, han hölls med morgonkaffet när han såg nån som strök runt uppe vid lagret och beslöt sig för att titta till besökaren.

- Och vad kan jag göra för dig då? sa Tjoffarn vänligt men bestämt. Överraskad vände sig Göte om, han hade inte hört nån komma.

- Öhh, jag ska undersöka brottsplatsen, har du möjligtvis nyckel hit sa Göte och drog prövande i en av dörrarna. med den andra handen flashade han ett polisleg.

- Klart jag har, vad är du ute efter? Tur att fordonsexporten var klar tänkte Tjoffarn i sitt stilla sinne.

- Svårt att säga, bara en känsla jag har, dessutom är det mitt jobb, att ha koll på allt. Tjoffarn låste upp åt ordningsmakten, det ska man alltid göra, gammalt djungelordspråk.

- Det luktar nybakt, Gaspedahl sniffade som en blodhund i luften, Danska wienerbröd, dom är jag uppfödd på, och han mindes sin harmoniska barndom med en lätt anstrykning av vemod.

- Jamen då går vi upp och fikar då, köket bjuder sa Tjoffarn och gick i förväg, visandes vägen. Göte och hans känsliga näsa följde tätt efter.

Efter några koppar kaffe och ett par färska danska wienerbröd fortsatte inspektionen, dom började med bottenvåningen, kikade in överallt.

- Vad är det här frågade Gaspedahl och försökte få nån slags överblick, hela lagret var smockfullt av verktyger och all möjlig bråte, för en oinvigd kanske det såg så ut, men för en invigd var det oskattbara skatter.

Som tur var så kom Sven och Sune ner och kunde överta guidningen av Göte.

- Vad är det som luktar? sa Göte när dom passerade grönlagret med nåt som luktade satan, trots inplastningen så stank det utav bara helvete.

- Bara nåt gammalt skit som ligger kvar här, nåt som låg här när vi tog över sa Sven Zen och gjorde en minnesanteckning om att göra sig av med det mesta av det, och bara spara lite till högtidliga tillfällen.

- Bränn upp skiten föreslog Göte godmodigt, med magen full av wienerbröd, det där hade dom ju redan kollat upp, så ni får lite bättre plats härinne, och det var lite trångt om plats, det måste medges. Balarna tog upp ett stort utrymme inne i lokalen, och det kanske inte var någon dum idé, vid närmare eftertanke så var det kanske en lysande idé, avleda uppmärksamheten genom att anordna en jättebrasa, i internetstyle, en klassiker. Nu var ju inte det här det, men det påminde.

Sven Zen informerade Sune som tyckte att det var en glimrande idé.

- För först så kom ju Stockholms blodbad, sen har vi Stockholmssyndromet och nu så har vi ju nåt nytt, kanske Stockholms rökrus utvecklade Sune hela idén vidare.

- Men var diskret, vänta till kvällen innan du drar igång nån brasa manade Sven Zen på. Och kolla om det råder eldningsförbud, för säkerhets skull.

- Givetvis, givetvis, vad tror du? Kvällen ville ju inte riktigt infinna sig så fort som Sune ville, så han försökte slå ihjäl lite tid genom att gå runt och störa lite här och där, vilket han också lyckades med, han kollade med brandkåren och fick klartecken därifrån, och till sist så kunde han med lite hjälp av personalen och lite avancerad truckkörning baxa ut en trivsamt stor hög med det som luktade satan, placerade den i vindriktningen in mot Stockholms centrala delar, och sen var det bara att invänta optimal vindstyrka, vilket skulle infinna sig om en halvtimme, timme.

Under tidén tände Sune upp en "på" medans han väntade,

vinden började ta i och Sune beslöt sig för att tända på fyrverket, sagt och gjort, brasan var igång. Och det tog sig snabbt, brann mer eller mindre som fnöske.

Röken vällde in över Riddarholmen och Göta hovrätt och sen vidare in mot mera centrala delar av staden. Han hade först tagit plasten av balarna, han ville ju inte förgifta folket. Han såg med förtjusning hur brasan tog sig alltmer och snart var den gröna högen helt övertänd och en tjock rök vällde på ett trivsamt sätt runt i luften, men nyckfulla som vindar kan vara så vände den plötsligt runt 180 grader och nu befann sig Sune mitt i vindriktningen, han trillade över en bänk i sin iver när han försökte fly och få in lite syre i sina rökfyllda lungor, han såg ingenting och ögonen sved, flämtande lyckades han släpa sig ur vindriktningen och med rinnande ögon hasade sig han upp med ryggen mot en mur, han hostade och drog några djupa andetag, hjärtat bultade våldsamt, han kände sig avskärmad och yr, och han hörde ett jämrande ljud som han efter några sekunder förstod måste komma från honom själv, så han slutade tvärt och koncentrerade sig i stället på att andas, lugnt, fint, inte på det där staccatoliknande sättet, och det fungerade, efter ett par minuter så hade pumpen lugnat upp sig och dom oregelbundna mellanslagen stabiliserats något, så kände han sig lite bättre till mods, han var inte längre övertygad om att han skulle dö.

Lutad mot muren, och med tungan som limmad mot gommen, såg Sune det sista av brasan sprida sig för vinden, nu kunde han höra det avlägsna ljudet av sirener igen, ljudet närmade sig snabbt och straxt befann sig brandkåren på plats, men som det kan vara ibland, lite för sent, tänk bara på scoutstugan!

Sven Zen som hade varit ute på stan i några ärenden, mest inne i city, det var där som han hade sina nya jaktmarker, han hade först klarat av ett bankärende där diskretion var hederssak, han hade satt in en större summa kontanter som han inte ville skulle ligga och skräpa på Cirka, som utan frågor sattes in på ett av hans konton, Sven hade tänkt bjuda sin bankkontakt på lunch men han var tyvärr redan uppbokad.

- Månadsmöte, kan inte skippa det, det får bli nästa gång, han slängde en snabb blick på klockan, ingen fara än, nåt annat du vill ha hjälp med?

- Inte för tillfället sa Sven Zen och skalade diskret av växlingsavgiften, som dom föredrog att kalla den, 5 procent av summan, och lade dom i en brun påse från en av dom mera kända snabbmatskedjorna.

Han ställde påsen på bordet och såg sig omkring inne på det mörka kontoret med teakpaneler, där målningar på diverse skojare från flydda tidér prydde sina platser på väggarna.

Det hade gått bra för Martin, inte tu tal om det, från t-shirts försäljare till bankdirektör, nåja där var han väl inte än, men i sinom tid så, om inte hans svaghet för pengar satte käppar i hjulet, sånt kunde man aldrig veta.

- Du ser fundersam ut, Martin flinade, har försökt att få ner stofilerna, men dom har mäktiga beskyddare.

- Tell me about it, Sven skakade tass med sin gamle svåger, nja inte på riktigt då, buksvågrar var nog den rätta benämningen, dom hade båda dejtat samma kvinna och stött ihop där hos henne, en körig lördag, av misstag givetvis, men då kvinnan haft så oerhört bra smak, hade dom två snart upptäckt att dom kunde ha nytta av varandra och därefter upprätthållit kontakten.

När Sven Zen kom ut på gatan igen så kände han den omisskännliga doften, Sune hade tänt på brasan. Sven gick nu bort från city och upp mot Stureplan, det sved lite i magen, så han beslöt sig för att gå in på en restaurang, vars ägare Sven Zen hade träffat nånstans, det hade ju gått många år sen det här hände, dom har i alla fall namnet kvar tänkte Sven optimistisk när han klev in på haket, inte många gäster ännu, skönt tänkte Sven när han slog sig ner vid ett lite undanskymt bord, nästan längst in i lokalen, med ryggen mot väggen.

Någonstans hade någon sett honom och var nu på väg åt hans håll, Sven kände igen Lufsen på långt håll, frågan var nu bara om Lufsen skulle känna igen honom.

- Tjänare Sven, kände igen dig direkt när du klev in genom dörren, Lufsen hade dragit upp Sven och kramade om honom och pumpade nu entusiastiskt hans högra arm upp och ner.

Efter dom sedvanliga hälsningsfraserna satte dom sig och lufsen informerade sig om dom senaste vattnen som runnit under broarna. - Det måste väl ha varit några år sen vi sågs senast, Lufsen flinade konspiratoriskt.

- Det räcker nog inte, tidén går flinade Sven tillbaks och mindes fragmentariska bilder från en ovanligt våt kväll, åratal tillbaka, minst tre iallafall, kanske fyra, i själva verket var det närmare fem.

- Smällen som skakade om stan igår, skvallrades om att den kom från ert håll, och röklarmet som gick för en stund sen, var du pappa till det också?

Sven Zen skruvade lite obekvämt på sig och muttrade

- Ja, jo det går väl inte att förneka att ansvaret är mitt, jag ville ju bara hjälpa till, men det är inte lätt att styra folk som inte vill styras, explosionen orsakades av några hemlösa fylltrattar och rökutvecklingen initierades av nån slags polischef, så vad gör man?

Sven Zen ruskade uppgivet på axlarna och tog en uppiggande slurk ur kaffekoppen som hade materialiserats på bordet.

- Men hur är det med dig då? vi kan ju inte bara prata om mig, Sven sköt sin nu tomma kopp åt sidan.

- Kunde varit bättre, några affärsbekanta till oss har mystiskt försvunnit den sista tidén, bra grabbar, familjeförsörjare flera av dom.

- Några jag känner sa Sven och hoppades att han inte skulle göra det.

- Det tror jag nog, Einar och Uno och några av deras samarbetspartners, vet att dom frekventerat Cirka vid ett antal tillfällen, Lufsen bligade illmarigt mot Sven Zen som försökte se oberörd ut.

- Kan inte direkt placera dom, vi har ju slagit besöksrekord i år, fullt hus hela tidén, ingen tid för reflektioner då inte, Sven tog en ny klunk ur koppen som nu var fylld igen.

- Inga av mina bästa vänner direkt, svårstyrda dom också om man säger så, och nu var det Lufsens tur att smutta på kaffet, börjar bli svårt att hitta bra folk numera, bristyrke har det blivit. Sven Zen höll muttrande med restaurangägaren om att bra folk minsann inte växte på trän, och att han själv nog hade haft en jävla tur i just det hänseendet, men så var dom ju också handplockade.

- Hade lånat ut hojen till en av dom också, den är ju spårlöst försvunnen, den med. Nu såg Lufsen med ens dyster ut. Sven förstod nu att den var en av dom fordon som numera framlevde sina liv i ett östligare klimat, så han tyckte att det kanske började bli dags att tänka på refrängen, innan frågorna blev för svåra.

- Plikten kallar sa Sven och gjorde sig färdig för att ta sig hemåt igen, måste se om det har lugnat ner sig.

- Det undrar jag, sa Lufsen konspiratoriskt och plockade med sig kopparna på vägen ut mot köket.

Väl ute på gatan kunde man ana en viss uppståndelse, förvirring rådde och utryckningsfordonen kunde höras vida omkring. Sven Zen travade hemåt, samtidigt försökte han tänka, inte lätt i den här stan, numera verkade det som att trivseln var på väg att försvinna, inte öka som det alltid tidigare hade känts som. Lite lätt nedslagen fortsatte Sven Zen sin golgatavandring bort mot Cirka, när han närmade sig bron såg han att den var avspärrad med koner och blåvita plastband, det stod även vakter och förhörde sig om ärendet.

- Ja men jag bor här, försökte Sven förklara, jag vill hem. Detta föranledde en av dom att jämföra Svens bild med några i en pärm, och därefter fick han till sist passera över bron och han begav sig ner mot kajsidan där han till sin stora förvåning hittade Sune vid en husvägg, dit han hade släpat sig, runtomkring var det fullt av diverse utryckningsfordon, ett myller av folk fanns på plats, han kunde åtminstone se två gamla bekanta, Sam och Göte stod och höll i nåt som såg ut som ett krismöte, Göte delade ut order åt olika håll och folket skingrades, var och en med en tydlig uppgift, han såg att Sam var på väg åt deras håll, vilket kunde tolkas som ett positivt tecken, det var det inte, han var bara budbäraren, den som kom med dåliga nyheter.

- Allt ska undersökas här ute, hela skiten, Göte stänger ner

Cirka tills dom har gått igenom hela klabbet, Sam såg lite besvärad ut.

- Det har ju hänt lite skit här nu, fortsatte han…

- Passar fint tyckte Sven Zen, vi kan nog behöva vila upp oss lite, vi med, och Sune framför allt, ser ju väldigt hängig ut.

- Vi lämnar väl kvar några stycken här, och resten får åka ut till landet då avgjorde Sven Zen och därefter så packade dom med sig det dom behövde och vidtog den numera välbekanta resan ut till landet, det blev en liten karavan av bilar som begav sig norrut.

Väl framme så installerades folk i rummen och Sven tog med sig Sune ner till Tessla för att språka om det senaste, Sune var sig fortfarande inte lik tyckte Sven, ovanligt tyst för att vara Sune.

- Hur är det, kompis?

- Va?

- Hur mår du, förtydligade Sven?

- Bättre i alla fall, kändes lite mosigt förut, men det har klarnat lite nu.

- Sjöluften, den mår man gott av tyckte Sven.

Dom spankulerade ner mot uppfinnarverkstan till, men där var det låst, dom gick ner mot udden för att inspektera skadorna på konstverken, det var inte så farligt, men dom beslöt sig ändå för att så här kan det ju inte se ut.

Med stor iver satte dom igång att reparera, drog fram ström och blandade pjuck och efter några timmar så stod åter Zlatanserien upp igen.

Lätt svettiga, men mycket belåtna, stod dom en stund och beundrade jobbet, lät tröjorna lufttorka och rätt som det var kom Sam och Tessla ner till udden, dom hade varit på en liten provianteringsresa, köpt öl på svenska.

- Får man bjuda på en, har visserligen bara varma, men ändå sa Tessla förbindligt i det att han sneglade mot Sven för att läsa av eventuella otrevligheter.

- Tackar sa Sven och Sune unisont och tog ett par klunkar. Sven betraktade Tessla som verkade lite nervös, och det hade han anledning att vara, mordplanerna hade väl lagts på hyllan, men dom var inte långt borta, det kände han.

- Försöker du få oss inspärrade, tror du inte att jag vet att det är du och dina jävla uppfinningar som har orsakat det här, Sven kände nu att trycket började stiga, och klev ner ett par hack igen.

Tessla såg besvärat ner i backen och sa - Det var en ren olycka, jag svär... hörde att det var nåt tjall på motorn, den lät inte bra...

- Som dina ursäkter då, dom låter inte heller bra inflikade Sune som nu, efter ett par öl började bli sig själv igen.

- Fast nu glömmer vi det sa Sven Zen som också hade börjat känna av ölen.

Sven fiskade upp ett oöppnat paket "på" och bjöd laget runt, där satt dom nu, i solskenet, drack öl och rökte "på".

- Det här är väl ändå livet, sa Sam som hade acklimatiserats över en sommar, såg numera ut som hälsan själv, vältränad och brunbränd, snabb i tanken igen och på utmärkt humör dessutom.

- Fy fan vad jag är torr i käften klibbade Tessla ur sig.

- Ja, men drick då, du har ju en i handen skrattade Sam och svepte sin och tog snabbt emot nästa som kom flygande mot han.

Sven Zen och Sune började dra sig upp mot huset för att vaska av sig dammet och få sig nåt till livs. Efter maten satt dom på verandan och Sven tänkte högt

- Fan vet om man inte skulle gå under jorden ett tag, låta saker och ting lugna ner sig lite..

- Upp sig menar du väl?

- Givetvis, lugna upp sig lite, vad tror du om det? Sven tittade längtansfyllt bort över horisonten.

- Inte mig emot, vart hade du tänkt dig?

Sven lutade sig mot Sune och viskade nåt i hans öra, Sune lyste upp och berömde Sven Zen för hans förslag, men som han sa

- Jag har ju mitt projekt att tänka på, måste försöka få det klart sa Sune mystiskt, men om du gör som du sa så kan vi ju ses i

Brasilien till vintern, du är härmed inbjuden på bröllop, och dop!

- Va fan, ska du gifta dig, och knullat till dig en unge har du gjort också, ja men, då får man ju gratulera, grattis kompis, grattis. klart jag kommer, till vintern, det blir ju bra.

Dagen efter så förklarade dom läget för dom närmast sörjande, att dom var tvungna att åka iväg på en längre tjänsteförrättning men att dom skulle vara hemma igen framåt vårkanten.

Packningen bestod av varsin tandborste och ett pass, därefter så satte dom sig i en av bilarna vinkade adjö och sen bar det iväg inåt stan till, vid Danderyds sjukhus bad Sven Sune att svänga av motorvägen, körde upp backen mot Mörby c, tog vänster och vid elhuset på högersidan så bad Sven att Sune skulle stanna till.

Bilen puttrade hemtrevligt på tomgång, Sune tittade frågande på Sven Zen och sa - Ja då får du väl ha så kul då, trodde inte att du menade allvar, jag menar, bo på personalhotellet på Danderyds sjukhus, där lär ju ingen hitta dig i första taget, alla fall.

- Tror du inte flinade Sven belåtet, nej det får man ju hoppas, med tanke på vår senaste donation, dessutom fick jag penthouset, tjänster och gentjänster du vet.

- Jo tack, jag känner till det dära, här har du kardan, vi hörs.

- Japp, i vinter, i vinter kompis.

Efterord

Tack till alla som har hjälpt mig med denna bok.
Illustratören Linus, formgivaren Jesper och speciellt Anders
utan vars hjälp denna bok aldrig blivit till.
Och som ni vet, bakom varje framgångsrik man står en förvånad
kvinna, i detta fall min kära fru Lena.